한정원　태어나 성장하고 일하며 대략 열 개의 도시를 거쳤다.
사람과 공간을 여의는 것이 이력이 됐다.
대학에서 시를 쓰기 시작했다. 단편영화를 세 편 연출했고
여러 편에서 연기를 했다. 구석의 무명인들에게
관심이 많다. 수도자로 살고자 했으나 이루지 못했고,
지금은 나이든 고양이와 조용히 살고 있다.
읽고 걷는 나날을 모아 『시와 산책』을 썼다.
책을 덮고 나면, 아름다운 사물만이 발자국처럼 남기를
바란다. 앞으로는 나를 뺀 이야기를 계속 써나가고 싶다.

KB041023

시와 산책

Poetry and Walks

—

한정원

시간의흐름。

내가 보는 것과 내가 말하는 것
내가 말하는 것과 내가 침묵하는 것
내가 침묵하는 것과 내가 꿈꾸는 것
내가 꿈꾸는 것과 내가 잊는 것, 그 사이 : 시

옥타비오 파스, 「내가 보는 것과 말하는 것 사이」

일러두기

- 단행본은 『　』, 잡지는 《　》, 신문과 시, 논문은 「　」로, 영화와 곡명,
  작품명은 〈　〉로 표시했다.
- 외래어 표기는 국립국어원 외래어표기법에 따랐으며
  관례로 굳어진 것과 입말이 더 많이 쓰이는 경우는 예외로 두었다.

차례

온 우주보다 더 큰

내가 겨울을 사랑하는 이유는 백 가지쯤 되는데, 1번부터 100번까지가 모두 '눈'이다. 눈에 대한 나의 마음이 그렇게 온전하고 순전하다. 눈이 왜 좋냐면 희어서, 깨끗해서, 고요해서, 녹아서, 사라져서.

사랑하는 사람들이 만난 횟수를 차곡차곡 세어가듯이, 나는 눈을 만난 날들을 센다. 첫눈, 두 번째 눈, 세 번째 눈…… 열한 번째까지 셀 수 있었던 해는 못내 아름다웠다.

아침에 눈을 떴을 때 커튼은 닫혀 있고 누운 채로는 바깥이 보이지 않는데도, 내 주변으로 서름한 빛이 느껴지는 날이 있다. 눈에 보이는 빛이 아니라서 아까 꾸던 꿈이 이어지고 있는가 싶기도 하다. 나는 눈을 천천히 깜빡이며 그 환상의 빛을 가늠해보다가 문득 이런 확신에 이른다. '뭔가 찾아온 거야!'

몸을 단번에 일으키고 커튼을 걷으면 아, 눈이 거기 있다. 창을 내내 올려 보다가 내 얼굴이 뜨자마자 환하게 웃으며 손바닥을 힘차게 흔드는 애인처럼.

눈을 그렇게 발견하는 날은, 사랑을 발견한 듯 벅차다.

나는 홀린 듯 집을 나선다.
눈이 더 쌓였을 것 같은 길을 부러 골라, 머리카락과 뺨과 발목이 젖도록 걷고 또 걷는다. 나를 불러낸 것

11

은 어떤 빛나는 얼굴이었지만, 걷는 것은 오롯이 나다. 곁에서 걸음을 맞추어 걷던 얼굴이 지금의 설경 위에 거듭 나타나도록, 나는 기억의 환등기를 비출 뿐이다. 그러니 이 산책은 멈추고 싶지 않아 멈춰지지 않고, 나는 기쁘면서도 자꾸 울상이 되고 만다.

숲 어귀에 닿을 때까지 인적은 없고, 세상은 점점 더 창백해진다. 내 입술 안에서는 그와 나눴던 말들이 고스란히 되풀이되지만, 실제로는 들리지 않는다. 이제 그 말들은 사람이 들을 수 있는 데시벨보다 낮은 소리가 사는 곳으로 가버렸기 때문이다.

사랑하는 것을 잃었을 때, 사람의 마음은 가장 커진다. 너무 커서 거기에는 바다도 있고 벼랑도 있고 낮과 밤이 동시에 있다. 어디인지 도무지 알 수 없어서, 아무 데도 아니라고 여기게 된다. 거대해서 오히려 하찮아진다. 그런데 그 마음을 페소아는 다르게 바라봤다.

이 모든 것이 내 마음속에선 죽음이요
이 세계의 슬픔이다.
이 모든 것들이, 죽기에, 내 마음속에 살아 있다.

그리고 내 마음은 이 온 우주보다 조금 더 크다.[*]

---

[*] 페르난두 페소아, 「기차에서 내리며」, 『초콜릿 이상의 형이상학은 없어』, 민음사(2018)

텅 비워진 공간에서 어찌할 바 모르고 슬퍼하던 시인은, 그 공간으로 시간을 데려오기로 한다. 내가 존재하는 한 내가 잃은 것도 내 안에 존재한다는 초월적인 시간에 바쳐진 마음은 이제 우주보다 더 커진다. 그렇게 커진 마음은 더는 허무하지 않다. 수만 년 전에 죽은 별처럼, 마음속에 촘촘히 들어와 빛나는 것이 있어서이다.

숲 안쪽 어디에서 큰 짐승의 젖은 목소리가 들린다. 무엇을 부르는 것인지 그저 나처럼 눈이 내려 기쁜 것인지 알 수 없다. 방해가 될까 봐 나는 거기에서 걸음을 돌린다.

아끼는 영화에, 단짝인 두 소년이 밤에 만나 유성우를 기다리는 장면이 있다. 한참 만에 창밖으로 별이 끝없이 떨어졌고, 둘은 번갈아 감탄하며 지켜봤다. 그런데 나중에 한 소년이 다른 소년을 잃고 추모사를 읽는 중에 이런 말을 하는 것이다. "……보이는 척하며 웃는 것도 즐거웠습니다."

어깨에 온통 눈을 쓴 채 집으로 돌아오면서, 나는 그 말을 가져다 허공에 건넨다.

'혼자 걸었지만 같이 걷는 척 웃는 것도 즐거웠습니다.'

그리고 가만히, 환등기를 끈다.

눈은 흰색이라기보다 흰빛이다. 그 빛에는 내가 사랑하는 얼굴이 실려 있을 것만 같다. 아무리 멀어도, 다른 세상에 있어도, 그날만은 찾아와 창밖에서 나를 부르겠다는 약속 같다. 그 보이지 않는 약속이 두고두고 눈을 기다리게 한다.

내일은 눈이 녹을 것이다. 눈은 올 때는 소리가 없지만, 갈 때는 물소리를 얻는다.

그 소리에 나는 울음을 조금 보탤지도 모르겠다.

괜찮다. 내 마음은 온 우주보다 더 크고, 거기에는 울음의 자리도 넉넉하다.

시작을 믿어보자

추운 계절의

상대방의 얼굴을 유심히 보며 대화하는 편인데, 헤어져 돌아오면 얼굴은 그새 감감해지고 그의 목소리만 귓전에 남는 것은 이상한 일이다. 숨이 끊어지고도 끝까지 남는 감각이 청각이라더니, 그래서일까 짐작해본다.

반대로 어떤 이의 목소리를 아무래도 떠올릴 수 없어서 괴로울 때도 있다. 전화를 걸거나 다시 만나면 해결될 마음이지만, 그 어느 것도 할 수 없는 형편도 있으니까. 그럴 때 목소리에 대한 그리움은 얼굴에 비해 결코 사소하지 않다. 목소리는 눈동자와 입술과 손가락을 다 가진, 사무치게 쓰다듬고 싶은 몸이 된다.

겨울에는 언 강 앞에 자주 앉는다. 어떤 풍경은 스쳐 지나가지 못하고 머물러야만 하는데, 내게는 언 강이 그렇다.

빙점하가 되면 물결은 백색 얼음 밑에 가둬진다. 어느 순간에도 흔들렸기 때문에 물의 결이나 동심원이 그대로 비치는 부분도 있다. 표면의 얼음은 두터워 보이지만, 강의 바닥 쪽에서는 여전히 물이 흐르고 물고기가 지나다닐 것이다. 나는 얼마큼 단단한지 보려고 발밑에서 돌멩이를 주워 얼음 위로 던진다. 둔탁한 소리를 내며 돌멩이가 옆으로 튕겨 떨어진다. 걸어도 될지 어림잡아보지만, 선뜻 발이 나가지는 않는다.

어느 책에서 봤는지 기억나지 않는 이야기 하나.

겨울에 말을 타고 언 강 위를 지나간 사람들이 있

었는데, 이듬해 봄에 강이 풀리고 나자 그곳에서 말발굽 소리가 들렸다고 한다. 강이 얼어갈 때 소리도 같이 얼어 봉인되었다가, 강이 풀릴 때 되살아난 것이다. 말도 사람도 진작에 사라졌지만, 그들이 있었음을 증명하는 소리가 남은 것. 눈을 감고 그 장면을 상상하면 울컥할 만큼 좋았다. 누군가는 실없는 이야기로 치부할 테지만, 나는 삶에 환상의 몫이 있다고 생각하는 쪽이다. 진실을 회피하지 않고 대면하려는 삶에서도 내밀한 상상을 간직하는 일은 필요하다. 상상은 도망이 아니라, 믿음을 넓히는 일이다.

언 강에 미혹된 것이 그때부터였나 보다. 나는 내가 잃은 목소리가 거기 있을 거라는 믿음을 가지게 됐다.

친구와 함께 언 강 앞에 선 적이 있다. 그녀는 내가 위로하고 싶은 사람이었다. 혹독한 사별이 몇 차례 그녀를 관통했다. 그러고도 다시 웃으며 지내는 듯 보였지만, 웃음과 웃음 사이에 캄캄한 허방이 없었을 리 없다. 하지만 나는 번번이 위로의 불가능을 절감할 뿐이었다. 위로의 말은 아무리 공들여 건네도 섣부르게만 느껴진다. 위로의 한계이자 말의 한계일 것이다.

겨울에는 '겨울의 마음을 가져야 한다'고, '오래 추워봐야 한다'고 말한 시인이 있다.

눈딱지 앉은 소나무 가지와
서리를 응시하려면.

(⋯⋯)

거칠어진 가문비나무를 바라보려면.
바람 소리, 몇 안 남은 잎새 소리에
어떤 비참함도 떠올리지 않으려면

(⋯⋯)

눈 속에서 귀 기울이는 자,
그 자신 무(無)가 되어 바라본다.
거기 없는 무(無), 거기 있는 무(無)를.*

　겨울을 겨울의 마음으로 바라보는 것이 당연한 듯
해도, 돌이켜보면 그런 시선을 갖지 못한 적이 더 많다.
봄의 마음으로 겨울을 보면, 겨울은 춥고 비참하고 공허
하며 어서 사라져야 할 계절이다. 그러나 조급해한들,
겨울은 겨울의 시간을 다 채우고서야 한동안 떠날 것이
다. 고통이 그런 것처럼.

　고통은 사라지지 않는다. 다만 고통 위에도 계절이
지나간다. 계절마다 다른 모자를 쓰고 언제나 존재한다.

●　월러스 스티븐즈, 「눈사람」, 『가지 않은 길—미국 대표시선』, 창비(2014)

우리는 어쩌면 바뀌는 모자를 알아채주는 정도의 일만 할 수 있는지도 모른다.

나는 그녀가 쓴 모자를 물끄러미 바라보았다. 어느 모자를 쓰든 그녀의 아름다움은 훼손되지 않는다. 시간이 얼마나 더 흐르든 "이제 모자를 좀 벗는 게 어때?"라고 말하지 않기. 그 응시와 침묵이 내 편에서의 유일한 위로가 될 수 있을 것이다.

운이 좋다면 언 강에서 겨울의 목소리를 들을 수 있다. 나와 그녀는 한참 강 앞에 머물다가 문득 심장을 내려 앉히는 큰 울림을 들었다. 먼 산속에서부터 오는 짐승의 울음 같기도 했지만, 사실 그건 눈앞의 강 깊숙한 곳에서 얼음이 녹아 부서지는 소리였다. 함부로 몸을 움직일 수 없게 두렵고도 아름다웠다. 눈에 보이지 않아 더 그랬을 것이다. 방금 들었던 소리가 환청으로 느껴질 만큼, 언 강은 견고한 모습 그대로였다.

어쩌면 강도 영영 잃고 싶지 않은 것이 있어, 소리를 얼려두나 보다. 어느 때 산과 땅을 울리도록 그리운 소리가 터져 나오기를 기다리며, 얼음 모자를 쓰고 있는지도.

우리는 그 소리를 한 번 더 듣기를 바라면서 말없이 서 있었다. 더없는 겨울의 마음으로.

시가
될 때

산책이

인디언 소녀가 친구에게 자신의 집으로 오는 길을 설명한다.

울타리를 지나서 바다 반대편 고사목 쪽으로 와. 일렁이는 가는 물줄기가 보이면, 푸른 나무에 둘러싸일 때까지 상류로 올라와. 해가 지는 쪽으로 물길을 따라오면 평평하고 탁 트인 땅이 나오는데, 거기가 나의 집이야.

요즘에는 거리명과 번지수로 길을 찾아간다. 그것조차도 사람은 기계에 주소를 입력하는 수고만 하고 그다음부터는 기계만 주시하며 목적지까지 가는 식이다. 그런데 그 기계 속 지도는 화석처럼 굳어버린 공간을 보여줄 뿐, 내 곁에 도도히 살아 있는 시간을 담지는 못한다. 나무의 푸른색, 강의 소용돌이, 바람의 진동, 짐승의 맥박은 거기 없다. 처음부터 존재하지 않은 것처럼 소거해버렸다.

그러니 길을 일러주는 인디언 소녀의 입에서 나오는 말들이 내게는 생경하고도 사랑스러운 시처럼 들린다. 울타리, 바다, 고사목, 상류, 평평한 땅이라는 시어와 그 사이의 징검돌들을 밟아 길을 찾아가는 이는, 친구의 집에 닿았을 즈음이면 시 한 편을 읽은 셈이다. 친구가 먼저 이 시를 읽었겠지, 라는 생각에 자신의 눈으로 한 번 친구의 눈으로 한 번 더 보다가 눈이 깊어져버릴 것이다.

내가 당신이라는 목적지만을 찍어 단숨에 도착하는 것이 아니라, 모든 소소한 고단함과 아름다움을 거쳐 그것들의 총합이 당신을 만나게 하는 것. 그 내력을 가져보고 싶게 한다.

지리학자 데니스 우드도 나와 비슷한 바람을 가졌던 것 같다. 그는 1970년부터 10여 년에 걸쳐, 자신이 가르치는 학생들과 함께 특별한 지도를 제작했다. 전통적인 지도가 장소와 도로의 이름 같은 객관적인 정보만 명시한 것과 달리, 그의 지도책은 한 동네(당시 그가 살았던)를 지정해두고 그 안에 숨은 것, 이름을 가지지 못한 것, 눈에 보이지 않는 것들을 보여주었다.

단풍이 물들었을 때 색연필을 들고 동네를 걸으며 나뭇잎의 색 이름을 각각의 위치에 열거하고, 풍경이 걸린 집들을 조사한 다음 그 소리를 동심원으로 시각화하고, 동네에 사는 개들의 이름을 채워 넣고, 핼러윈에 호박랜턴을 만든 집들만 도깨비 형상으로 그려 넣은 지도를 떠올려보자.

엉뚱하고 귀여운 수고로 만들어진 그 지도책을 넘길 때마다, 나는 슬며시 웃게 된다. 누군가의 말처럼 "그 무엇도 하찮지 않다고 말하는 마음이 시"라면, 그가 만든 지도는 분명 시에 가깝다. 평면의 흑백 종이 위에서도 소리가 들리고 찬란한 빛깔이 보인다. 이름도 낯선 외국의 작은 동네에서 한 시절 일렁였던 시간이, 50년 후의 나에게까지 무사히 당도한다. 시가 바로 그런 것처럼.

고양이들이 밤에 몸을 누이는 장소, 열매를 기대해볼 수 있는 나무, 울다가 잠든 사람들의 집…… 산책할 때 내가 기웃거리고 궁금해하는 것들도 모두 그렇게 하찮다. 그러나 내 마음에 거대한 것과 함께 그토록 소소한 것이 있어, 나는 덜 다치고 오래 아프지 않을 수 있다. 일상의 폭력과 구태의연에 함부로 물들지 않을 수 있다.

내가 보는 것이 결국 나의 내면을 만든다. 내 몸, 내 걸음걸이, 내 눈빛을 빚는다(외면이란 사실 따로 존재하지 않는 게 아닐까. 인간은 내면과 내면과 내면이 파문처럼 퍼지는 형상이고, 가장 바깥에 있는 내면이 외면이 되는 것일 뿐. 외모에 관한 칭찬이 곧잘 허무해지며 진실로 칭찬이 될 수 없는 이유도 그 때문이다. 하려면 이렇게. 네 귓바퀴는 아주 작은 소리도 담을 줄 아는구나, 네 눈빛은 나를 되비추는구나, 네 걸음은 벌레를 놀라게 하지 않을 만큼 사뿐하구나). 그런 다음 나의 내면이 다시금 바깥을 가만히 보는 것이다. 작고 무르지만, 일단 눈에 담고 나면 한없이 부풀어 오르는 단단한 세계를.

그러므로 산책에서 돌아올 때마다 나는 전과 다른 사람이 된다. 지혜로워지거나 선량해진다는 뜻이 아니다. '다른 사람'은 시의 한 행에 다음 행이 입혀지는 것과 같다. 보이는 거리는 좁지만, 보이지 않는 거리는 우주만큼 멀 수 있다. '나'라는 장시(長詩)는 나조차도 미리 짐작할 수 없는 행들을 붙이며 느리게 지어진다.

시는 의미하는 것이 아니라 존재하는 것.*

다른 사람에 다른 사람에 다른 사람이 되어가는 동안, 나는 다만 존재한다.
산책을 사랑했고 산책하던 중 숨을 거둔 로베르트 발저도 말한 바 있다.

나는 이제 더 이상 나 자신이 아니고 다른 사람이지만, 바로 그런 이유에서 다시 나 자신이 되었다.**

---

* 아치볼드 매클리시, 「시학」
** 로베르트 발저, 『산책』, 민음사(2016)

행복을 믿으세요 ?

혼자 생각에 잠겨 걷는 편이다 보니, 거리에서 포교하는 이들에게 붙들리는 일이 잦다. "도를 믿으세요?" 하며 다가오는 무리 말이다. 나도 이제는 이력이 나서, 멀리서 둘이나 셋이 짝지어 다가오는 것만 보아도 미리 알아채고 피할 수 있다. 그런데 그날은 횡단보도 앞에서 건너편만 보던 차에 한 명이 불쑥 말을 걸어와, 피할 틈 없이 잡히고 말았다.

    타고난 복이 있는데 조상이 막고 있네요.
    네.
    복을 찾을 방법이 있어요.
    괜찮아요.
    행복해질 수 있다니까요.
    행복하기 싫어요.
    행복하기 싫은 사람이 어디 있어요?
    저요.
    아니, 행복하기가 싫다고요?

    포교자의 목소리에 노여움이 배어났다. 마침 신호가 바뀌지 않았다면, 그는 나와의 실랑이 끝에 인내심을 잃었을지도 모르겠다.
    나는 그를 남겨두고 혼자 건널목을 건넜다. 행복에 그토록 몰두하지 않는다면 당신은 훨씬 만족하며 살 텐데요, 라는 말은 속에만 두고.

나는 사람들의 행복 타령이 지겨워, '행복'이라는 낱말을 사전에서 삭제하고 싶다고 생각한다. 아니면 뜻을 바꾸든지. [행복: 음식이 소화되지 않아서 배에 가스가 차는 것을 뜻함] 하지만 얄팍하게 사용하는 것이 문제이지, 낱말 자체는 결백하다는 것을 안다.

길에서 만난 포교자에게 약간 밉살스럽게 대꾸했지만, '행복하기 싫다'는 내 말은 정확히는 '행복을 목표로 살고 싶지 않다'는 뜻이다. 많은 이들이 행복을 '승진' '결혼' '내 집 마련' 등과 동의어로 여기는 상황에서는 더욱 그렇다.

행복은 그렇게 빠하고 획일적이지 않다. 눈에 보이지 않고 설명하기도 어려우며 저마다 손금처럼 달라야 한다. 행복을 말하는 것은 서로에게 손바닥을 보여주는 일처럼 은밀해야 한다.

내 손을 오래 바라본다. 나는 언제 행복했던가. 불안도 외로움도 없이, 성취도 자부심도 없이, 기쁨으로만 기뻤던 때가 있었던가.

*

아름다운 길들을 무수히 걸었다. 별것 없는 작은 산길도 있었고, 온갖 신비로운 자연물로 압도하는 이국의 길도 있었다. 그러나 하나만 선택하라면, 나는 소록도의 길을 꼽겠다. 수만 년 사람의 손길이 닿지 않은 길의 고고한 매력도 모르지 않으나, 어떤 길에 결정적으로 위엄을 부여하는 건 그 길을 걸었던 사람의 체취라고 믿기 때문이다.

작은 사슴 모양의 섬이라 해서 붙여진 이름, 소록도.

내가 처음 그 섬의 면면을 안 것은, 소설 『당신들의 천국』을 읽고 나서였다. 당시에는 깨닫지 못했지만 지금 뒤돌아보면, 내가 삶의 어떤 부분들에 민감하게 반응하는지 어느 방향으로 나아가고 싶은지 희미하게 감지하는 계기가 되었던 것 같다. 그래서 10년 뒤, 괜한 염려로 방해를 받을까 봐 가족에게는 행선지를 다르게 일러두고, 나는 소록도로 떠났다. 이미 자원봉사 신청을 해둔 터였다.

여러 명이 함께 자는 숙소와 식사를 제공받고, 하루에 여덟 시간 병원에서 일했다. 한센인들 대부분은 고령이었고, 그중에서도 병원에 입원한 이들은 치명적인 병을 앓거나 혼자서는 거동할 수 없는 중환자들이었다. 나의 주된 소임은 신생아 돌보기와 비슷했다. 수건을 적셔 얼굴과 몸을 닦고, 세 번 식사하는 것을 돕고, 여러 차례 기저귀를 가는 것. 그러면 틈틈이 시간이 남는데, 그동안 그들과 한담을 나누었다.

소록도의 한센인들은 대부분 일제 강점기에 섬에 들어왔고 평생 섬 안에서 살아왔다. 유배와 다름없이 쫓기듯 와서 곧 고향으로 돌아갈 줄 알고 보낸 세월이 80년 남짓이라고 했다. 나로서는 잘 가늠되지 않는 긴

긴 시간이었다. 그들은 강제노역에 동원되었고, 정관수술이나 인체실험의 희생양이 되었다. 자녀와는 생이별을 당했으며 험한 시절을 지날 때는 수십 명이 학살당하기도 했다. 그러는 동안 살아남은 이들은 증거처럼 손가락과 발가락이, 코와 입술이, 눈동자가 없어졌다. 세상의 모든 불행이 작정하고 이들에게 덤볐다고 오해할 수 있었다. 그러나 오히려 내가 배운 것은, 비정상적인 외모가 흉함을 만들지 않고 불행이 인간의 존엄을 해치지 않는다는 것. 겉으로 드러나는 조건에 무너지지 않고 마음의 격을 지킨다는 것.

특별히 기억나는 할머니가 있다. 그녀는 침상에서 몸을 일으킬 수 없었고, 이미 눈이 멀어 있었다. 그런데도 매일 노래를 불렀다. 다른 병실에서도 우렁찬 목소리가 넘어올 정도였다. 어느 날은 내게도 노래를 불러보라 권했는데, 쑥스럽고 생각나는 곡도 없어 거절했다. 가슴속에 노래를 간직하고 있는 이와 그렇지 않은 이의 차이였을 것이다.

할머니가 온전치 못한 이목구비로 환한 미소를 지으며 노래할 때, 손가락이 없어 뭉툭한 그녀의 손을 내가 쓰다듬으며 그 노래를 들을 때, 우리 사이에 무엇이 있었다. 그것을 행복이라고 부르고 싶었다. 행복은 그녀나 나에게 있지 않고 그녀와 나 사이에, 얽힌 우리의 손 위에 가만히 내려와 있었다.

일이 끝나면 섬의 가장자리를 따라 걸었다. 왼쪽

으로 계속 바다를 끼고 반 바퀴쯤 돌면 해가 지기 시작했다. 그럼 아무 바다 앞에 멈춰서 일몰을 보았다. 나의 눈으로 보기도 했고, 한센인들의 눈으로 보기도 했다. 그들이 아프고 서럽고 기쁜 날 마주한 풍경을, 나도 비슷한 마음을 가지고 바라보았다.

잘 정돈된 숲과 공원 어디든 그들의 눈물이 배지 않은 곳이 없었다. 몸의 일부를 잃어가며 만들었기에, 소록도의 모든 길은 곧 그들의 몸이기도 했다. 그리고 그 몸속에는 노래가 살고 있었다. 소설이 희망했던 것처럼, 긴 세월 '당신들의 천국'이었던 곳을 소록도 사람들은 '우리들의 천국'으로 바꿔놓고 있었다.

나는 그들을 본받고 싶다고 생각했다. 그들 같은 사람들을 위해서 살고 싶다고도 생각했다. 40년간 섬에서 한센인들을 돌보다가 노쇠해지자, 편지 한 통 써두고 말없이(화려한 찬사를 받을까 봐) 고국으로 떠난 두 외국인 수녀처럼.

그렇게 생각할 때, 나와 생각 사이에 또 행복 같은 것이 있었다.

*

이것은 사랑에 관한 기록이지만, 나는 '사랑'의 자
리에 '행복'을 넣어 다시 읽는다. "행복은 단지 방향을
결정하는 것이지 영혼의 상태가 아니다."

행복이 내가 가져야 하는 영혼의 상태라고 생각하
기 때문에 우리는 이토록 자주 절망한다. 어떤 상황과
조건에서 피동적으로 얻어지고 잃는 게 행불행이라고
규정하고 말면, 영영 그 얽매임에서 헤어나오기 어려울
것이다. 가지지 못한 것이 많고 훼손되기만 했다고 여
겨지는 생에서도, 노래를 부르기로 선택하면 그 가슴에
는 노래가 산다. 노래는 긍정적인 사람에게 깃드는 것
이라기보다는, 필요하여 자꾸 불러들이는 사람에게 스
며드는 것이다.

매 순간 '방향'을 선택한다. 행복을 목표로 삼는 방
향이 아니라, 앞에 펼쳐진 모든 가능성 중에 가장 선한
길을 가리키는 화살표를 따른다. 그 둘은 처음에는 일

• 시몬 베유, 『중력과 은총』, 동서문화사(2011)

치하지 않을 수도 있다. 하지만 끝내 행복은 선에 속할 것이다.

그러니 역시 '행복'이라는 낱말은 없어도 될 것 같다. 나의 최선과 당신의 최선이 마주하면, 나의 최선과 나의 최선이 마주하면, 우리는 더는 '행복'에 기댈 필요가 없다.

에른스트 얀들의 시에 "낱말들이 네게 행하는 것이 아닌 네가 낱말에 행하는 것, 그것이 무엇인가 된다"는 구절이 있다. '행복'이 우리에게 가하는 영향력에 휘둘리는 대신, 우리가 '행복'에 무언가를 행해야 한다. 그리고 나는 그 무언가가 바로 망각이기를 바란다. 그 낱말은 죽은 조상에게 맡기고 그만 잊자고. 할 수 있다면 '불행'도 잊자고.

기쁘고 슬플 것이나 다만 노래하자고.

11
월
의
푸
가

나는 11월을 편애한다. 가을 앞에 붙은 '늦'이라는 말도, 앙상한 나무와 아예 모질지는 못한 바람도 아낀다.

본색을 더 드러내면, 나와 나의 고양이가 태어난 달이라는 이유도 덧붙일 수 있다. 우리는 성격이 비슷하고 같은 병을 가지고 있고 심지어 얼굴도 닮아가고 있다.

숫자 11의 생김새를 골똘히 보면, 나무 두 그루 모양이다. 잎을 다 떨구고 빈 가지만으로 서 있는 만추의 나무. 그 잎들은 바람을 타고 멀리 가기도 하겠지만, 대개는 나무 바로 밑 둥치로 떨어져 모인다. 그래서 나는 달력 위 11이라는 숫자의 발치에 둥근 그늘 같은 것을 그려 넣는 낙서를 하기도 한다.

숲에서 길을 잃기 좋은 때가 두 번 있는데, 폭설이 내린 다음 날과 11월의 아무 날이다. 각각 흰 눈과 검붉은 낙엽으로 바닥이 다 덮여서 길이라 부를 만한 것이 사라지기 때문이다. 길의 경계가 지워지고 방향감각마저 흐려지면 어떤 일이 벌어질까. 아무렇게나 걸을 수 있는 자유가 벌어진다. 갈피 없이 온전히 공간을 누리며 산책할 수 있는 특권이 그 날들에는 있다.

나는 11월의 숲에서 이런 장면을 그려보기도 한다. 아주 다른 장소에서 서로를 모르고 살던 잎과 땅이 만난다. 잎은 땅에게 공중에서 사는 일의 위태로움과 새가 주는 떨림과 가지에서 떨어져 나오는 아픔에 대해 말해준다. 땅은 잎에게 짐승과 인간의 발밑과 깊은 곳까지 스며드는 피에 대해 말해준다. 소곤소곤한 이야기가 낮과 밤을 이을 동안, 잎은 썩어서 형태를 잃고 땅은 잎을 안고 기다린다. 마침내 하나가 될 때까지.

이제 11을 살며시 눕혀보면, 하늘을 보고 나란히 누운 사람처럼 보인다. 그들 사이에는 나무가 그러하듯 거리가 있다.

나는 그중 한 사람의 이름을 '파울 첼란'이라고 지어준다. 그 옆은 누굴까. 이십대에 잠시 사랑에 빠졌던 잉에보르크 바흐만도 아내 지젤 레스토랑주도 선뜻 옆자리에 두지는 못하겠다. 쉰한 살에 센강에 몸을 던져 자살했을 때, 그는 온전하게 혼자였을 것이기 때문이다.

1920년 11월에 태어난 파울 첼란은 쇼아(shoah)로 부모를 잃은 후 자신은 가까스로 살아 나왔다. 그러나 그가 시로 전했듯 "살았다는 것은 틀린 말, / 숨결 하나가 '저기'와 '거기 없음'과 '이따금씩' 사이를 눈먼 채 / 지나갔을 뿐"이었다. 살아 있다는 실감이 고통 속에 묻혀버리고 만 것이다.

그런 첼란에게는 사랑보다 비극이 더 무거웠을 것이라 짐작한다. 누군가에게 따뜻한 희망을 걸고 싶은 마음이 없지 않았겠지만, 폭력이 뒤섞인 세계에서 헛되게 말하지 않기 위해 그는 '그늘' 속에 머물기를 택했다.

너의 말에 의미를 주고
거기에 그늘을 드리우라.

거기에 넉넉하게 그늘을 드리우라.
(……)
진실로 말하는 이는 그늘을 말한다.[*]

　자신의 존재를 걸어 말하는 이는 당연히 많은 말
을 할 수 없다. 그의 시는 점점 짧아지고 침묵의 비중이
커진다. 각각 다른 두 편의 짧은 시에서, 나는 유서와도
같은 구절을 찾았다.

여기 떠오르고 있다
가장 무거운 사람이

그리고

물 위를 떠다니는 말은
어스름의 것

---

* 　파울 첼란, 「말하라 너도」, 『죽음의 푸가』, 민음사(2011)

고요한 하강과, 존재의 밑바닥에 고여드는 그늘과, 그늘을 외면하지 않는 묵묵함을 가진 11월에 파울 첼란의 시를 다시 읽는다. 읽을수록 그의 옆은 빈자리로 두어야겠다는 생각이 든다. 굳이 고르자면 '무(無)'를 누일 수 있을까. 그들은 둘이었으나, 첼란이 강 위로 몸을 던진 순간 말없이 하나가 되었다. 11월의 잎과 땅처럼.

11월에는 내 고양이의 등을 더 자주 쓰다듬는다. 너에게는, 나에게는, 앞으로 11월이 몇 번 남았을까 물어보면서. 창턱에 엎드려 맞은편 숲을 응시하다 고개를 돌리는 열세 살 고양이는 물론 답이 없지만, 큰 눈동자의 고동빛만은 한층 깊어진다.

늦가을은 진실로 깊은 가을이다. 그 깊이의 출발지가 넉넉한 그늘인 것은 알겠고, 종착지가 어디일지는 두고 보는 것이다.

슬퍼하고 기침하는 존재

이사하고 몇 주가 지나도록 짐을 풀지 못했다. 잘못 왔다는 생각이 들어서였다.

외지고 적막한 동네. 무질서하게 얽힌 골목과 거기 빈틈없이 앉은 집들의 누추함을 모르지 않았다. 그 때문이 아니다. 나는 이곳의 밤이 얼마나 어둡고 음침한지 예측하지 못했고, 그게 나를 단번에 움츠러들게 했다.

가로등이 드물어 길을 충분히 밝혀주지 못했고, 그마저도 몇은 먹통 전구만 달고 있었다. 일을 마치고 귀가할 때마다 앞, 옆, 뒤를 살피느라 고장 난 장난감처럼 목을 돌려야 했다. 골목을 꺾을 때면 매번 담장 모서리나 나무 그림자에 크게 놀랐고, 불 꺼진 창들은 언제라도 나를 덮칠 짐승처럼 보였다.

집 안의 사정도 한숨이 나왔다. 온갖 작고 큰 벌레들이 침입한 것이다. 헐거워진 방충망을 기워보기도 했지만 소용없었다. 그때마다 한 손에 잡히면서도 단단한 표지를 가진 시집이 도움이 됐다. 한 권의 시집이 그야말로 촌철살인이 된 것이다.

또 예기치 못한 문제는, 집의 벽이 다른 층의 소리를 고스란히 전달한다는 것이었다. 다른 층의 주거자는 신혼부부와 주인인 노부부뿐이니 별 소음이 없을 거라 지레 안심했다. 아래에서는 잦은 교성이, 위에서는 끊임없는 말다툼 소리가 들릴 거라고는 생각지도 못했다. 주말마다 노부부의 집을 방문하는 손주 어린이들은 복병 중의 복병이었다.

결과적으로 밤에 집을 보러 왔다면, 넓고 전망 좋은 남향집이 실은 아주 허술하게 지어진 걸 알았다면, 이 집도 이 동네도 선택하지 않았을 것이다. 하지만 돌이킬 수 없었다. 어찌 됐든 마음을 붙여야만 했다.

그래서 나는 동네를 걷기 시작했다. 메리 올리버의 말을 살짝 바꿔 옮겨보면, 나는 동네를 사랑하기 위해 동네를 걸었다.

시차를 두고 재개발 논쟁이 일어났다 스러지기를 반복해온 터라, 동네는 여러모로 어정쩡한 모습을 하고 있었다. 마당을 가진 번듯한 양옥집은 대개 비어 있었고, 한 지붕 아래 서너 셋집을 구겨 넣은 단층집들과 무허가 슬레이트집들은 틈 없이 들어서 있었다. 그 사이로 내가 사는 곳 같은 저층 빌라들이 계속 지어졌다.

나는 미로 같은 골목에서 길을 잃으며 집들을 눈에 넣었다. 몇 달이 지나자 그 집에 누가 살고 있는지 알게 됐다. 창이 없어 문을 비스듬히 열어 환기를 시킬 때, 그 틈으로 궁색한 세간이라든가 어둑한 방에 묻혀 발톱을 깎는 사람들을 보았다. 매일 대문 앞에 앉아 볕을 쬐는 독거노인, 낡은 여관에 기거하는 뜨내기 외국인 노동자들, 겁이 많아 먼저 날카롭게 짖는 흰 개와 낯을 익혔다.

우리는 잘 모르는 것을 무서워한다. 순서를 바꾸어 말하면, 우리가 두려워하는 이유는 잘 모르기 때문이다. 내가 처음 그토록 겁을 먹었던 건, 칠흑의 어둠 속에 어떤 얼굴이 살고 있는지 알 수 없어서였다. 그래서 어느 마당에 어떤 나무와 꽃이 피는지까지 알게 되었을 때, 더는 밤길이 힘들지 않았다. 앞, 옆, 뒤가 아니라 별이 흐리게 묻힌 하늘을 볼 수도 있었다. 불이 꺼진 창도, 그 창 너머에 내가 아는 누군가가 잠들어 있다고 생각하면 감은 눈꺼풀처럼 순하게만 보였다.

나는 여전히 동네를 걷는다. 산책의 끝에는 옥상으로 올라가는 것을 좋아하는데, 거기에서는 동네가 한눈에 보인다. 어지러운 골목도 위에서 보면 단순해서 지도를 그릴 수도 있을 것 같다.

저물 무렵이면 사람이 사는 집에는 전등이 하나둘씩 켜지고 빈집은 그대로 어둠 속으로 묻힌다. 그 사이를 쭉 이으면 별자리가 될 것도 같다. 돌아누운 사람의 굽은 등자리, 깎인 발톱 자리, 아픈 고양이 꼬리 자리 같은 것. 그런 것이 있다면 말이다.

위층 노부부의 말다툼이나 코 고는 소리는 이제 안 들리면 허전하고, 아래층 신혼부부의 소리가 뜸해지면 그들의 애정전선이 괜히 걱정스럽다.

그들 중간에 끼어 있는 나도 무슨 소리를 내야만 할 것 같은, 그런 식으로 나도 여기 살고 있다고 알리고 싶은 밤에, 시를 소리 내어 읽는다.

인간은 슬퍼하고 기침하는 존재.
그러나 뜨거운 가슴에 들뜨는 존재.
그저 하는 일이라곤 하루하루를 연명하는*

　나는 시집을 집어 던진다. 화내는 것이 아니다. 나는 평화롭다.
　그러나 벌레는 죽었다.

---

* 　세사르 바예호, 「인간은 슬퍼하고 기침하는 존재」, 『오늘처럼 인생이
싫었던 날은』, 다산책방(2017)

과일이 둥근 것은

길 한편에 과일을 실은 트럭이 서 있었다. 처음에는 트럭이 아니라 트럭 밑에서 뭘 먹고 있는 고양이를 본 것이다. 나는 가까이 가서 쪼그려 앉아 고양이를 구경했다. 그러자 과일 트럭 아저씨도 곁에 쓱 와서 앉았다. 소시지를 줬다고 그가 말을 건넸고 잘 먹네, 다 먹고 어디로 가네, 히히, 그렇게 고양이를 두고 스스럼없이 굴고 보니 우리는 초면이었다. 그제야 나는 몸을 일으켜 아저씨의 트럭 안을 제대로 봤다. 여름 과일들이 소쿠리에 한 움큼씩 담겨 있고, 그 뒤에는 상자가 몇 단씩 쌓여 있었다.

나에게 과일은 항상 선뜻 사지지 않는 것이었다. 그때는 좀 더 빠듯하게 생활하던 때라, 슈퍼에서 먹고 싶은 과일을 들었다 놓았다 하다가도, 먹지 않아도 되는 과일보다는 없으면 안 되는 끼닛거리를 사게 되었다. 아저씨의 과일을 사주고 싶은 마음이 들었지만 그럴 수 없을 거라는 생각도 동시에 하면서, 이것저것을 가리켜 가격을 물어봤다. 과일이 뜻밖에 저렴했다. 수박을 제외하면 모두 5000원이었는데 혼자 먹기에는 넉넉한 양이었다. 나는 곧 아저씨의 단골손님이 됐다.

과일 봉지를 들고 집으로 걸어가는 너른 골목에는, 바람을 쐬러 나온 사람들이 있었다. 슬레이트 단층집에 사는 아저씨도 그랬다. 단칸방은 창도 작았기 때문에 그는 자신의 집 앞에 쪼그려 앉아 담배를 피웠다. 체격이 왜소하고 표정이 굳어 있는 사람이었다.

나는 아저씨와 인사를 나누고, 봉지에서 포도 한 송이를 꺼내 아저씨에게 내밀었다. 더 주어도 괜찮지만, 매번 주고 싶은 만큼보다 덜 주는 것이 내 식의 배려였다. 아저씨는 한 손으로 포도를 받아 들고 다른 손으로는 입에 문 담배를 빼 들었다. 잘 먹을게요. 답은 늘 담백했고 그럴 땐 조금 웃는 것 같기도 했다. 원플러스원이더라고요, 엄청 싸서요, 내가 변명을 붙이면서 볼 때마다 무엇을 주어도 아저씨는 사양하지 않고 선뜻 받았다.

담배 아저씨와 말을 섞게 된 것도 고양이 때문이었다. 나는 동네 길고양이에게 사료를 주고 있었는데, 그걸 꺼리는 사람들도 많았기 때문에 장소 선정에 고심했다. 폐가 마당이나 수풀 안, 누구의 소유도 아닌 모퉁이 벽 등 눈에 띄지 않는 곳에 그릇을 두어야 했다. 그런데 어떤 사정을 따르다 보니, 아저씨의 집 담벼락에 그것을 둘 수밖에 없었다. 나는 그 집에 누가 사는지도 모르고 모험을 했다. 다짜고짜 사료를 둬보고, 그릇이 버려지거나 야단을 목격하면 슬그머니 철수하기로 한 것이다.

그릇은 열흘간 그대로 있었다. 나는 몇 번 사료와 물을 갈았고, 어미 고양이와 새끼가 배를 채우고 갔다. 그러는 동안 그 집 창문에는 불이 밝혀지고 꺼졌다. 사람이 살고 있는데 그릇이 치워지지 않는다면, 허락으로 여겨도 될 것 같았다. 나는 간단히 고마움을 밝힌 쪽지와 과일을 그 집 문고리에 걸어두었다. 그러다 나중에 그릇을 채우는 현장이 발각됐고 우리는 멋쩍게 웃었고 그렇게 아는 사이가 된 것이다.

동네에서는 아저씨도 나도 값싼 집을 찾아온 외지인이어서, 서로에게 말고는 인사를 나눌 이웃이 없었다. 나이가 몇인지, 왜 혼자 사는지, 낮에 집에 있을 때가 많은데 무슨 일을 하는지 궁금할 때도 있었다. 하지만 그런 질문은 하고 싶지 않아서, 우리는 고양이 이야기만 했다. "이제는 내가 옆에 앉아 있어도 안 피해요." 아저씨는 그 말을 뽐내듯 했다. 사료를 먹고 있는 고양이를 바라보면서, 웃을 듯 말 듯. 그의 자부심에 괜히 내 마음이 놓이곤 했다.

늦가을부터 과일 트럭이 보이지 않았다. 추위 탓인가 싶으면서도 한편으로는 걱정이 되었다. 두 계절을 보내고 다시 여름이 돌아온 어느 날, 과일 아저씨의 트럭이 같은 자리에 서 있었다. 나는 멀리서부터 뛰어가, 그새 더 야위고 그을린 얼굴에게 말했다.

잘 지내셨어요? 그동안 안 보이셔서…….

네, 좀 아파서…….

우리는 반갑게 웃었지만 둘 다 말끝을 흐렸다. 진짜 안부가 말줄임표에 숨어 저녁 어스름에 묻혔다. 돌아서서 손님에게 다가가는 아저씨는 다리를 심하게 절었다.

내가 살 수 있는 것은 5000원치의 참외뿐이었다. 아저씨가 봉지 한 장을 털어 공기를 넣었을 때, 다른 손님이 다가와 역시 참외를 달라고 했다. 아저씨가 봉지에 참외 한 소쿠리를 쓸어 넣고 그 손님에게 건넸을 때 나는 약간 의아했다. 내가 먼저 청했으니 당연히 내 것인 줄 알았던 것이다. 손님이 등을 돌려 멀어지자 아저씨는 쌓아둔 상자 쪽으로 절룩이며 걸어갔다. 상자에서 참외를 하나씩 꺼내 어둑한 알전구 밑에서 꼼꼼히 돌려 보고는 봉지에 넣었다. 여섯 개를 넣기까지 시간이 걸렸다. 그러고는 내게 내밀며 말했다. "좋은 것만 줬어요."

알이 더 실하고 먼지가 덜 쌓인 것을 주려고 일부러 수고하는 마음. 그것을 씹어 먹으며 허기진 날들을 순하게 보냈다.

전세 계약이 끝나고 이사 예정일이 다가오면서, 나는 아저씨들에게 그것을 알려야 할지 말아야 할지 가늠해보고 있었다. 그런데 담배 아저씨와 다시 마주치기 전에, 아저씨가 세 들어 살던 집의 개조 공사가 시작된 것을 보았다. 문이 활짝 열려 있어 처음으로 아저씨가 어떤 방에 살았는지 보았다. 내부는 이미 텅 비어 있었다. 과일 트럭도 어느 날부터 다시 사라졌다. 아저씨들이 떠나고 생긴 빈자리를 보며, 나는 어쩔 수 없이 쓸쓸해졌다. 정착할 수 없고 작별인사를 나눌 수 없는 우리의 존재가 새삼 만져졌다.

나는 과일 아저씨의 넉넉한 배려 덕에 누군가와 나누어 먹고도 배가 불렀고, 나를 아는 담배 아저씨의 집이 길가에 있어 밤에 걸어도 무섭지 않았다. 우리의 고양이들도 물론 은혜를 입었다. 담배 아저씨는 자신에게 과일을 주는 여자를 의심하거나 불편해하지 않았고, 그래서 나는 그가 예전에는 혹은 앞으로 언젠가는 나처럼 타인에게 과일을 건네는 사람일 것이라고 확신했다.

나와 아저씨들은 끝까지 서로의 신상에 관해서는 몰랐지만, 아랑곳 않고 곁을 내주었다. 집 앞 담벼락과 트럭 밑처럼, 거기 둥근 밥그릇처럼, 질박한 공간을 당당히 차지하도록 허락했다. 우리는 구석에서 사는 사람들이었다. 구석의 목소리는 곧 꺼질 불씨처럼 위태로워서, 구석끼리 자꾸 말을 시켜 되살려야 한다고 생각했다.

나의 우월함을 드러내는 연민이 아니라, 서로에게 원하는 것이 있어 바치는 아부가 아니라, 나에게도 있고 타인에게도 있는 외로움의 가능성을 보살피려는 마음이 있어 우리는 작은 원을 그렸다.

지금도 종종 아저씨들의 안부가 궁금하다. 과일 아저씨는 어느 동네에 트럭을 세워둘까, 다리는 괜찮아졌을까, 담배 아저씨는 여전히 애연가일까, 의지할 짝지는 생겼을까.

아저씨들도 역시 나를 떠올릴지 모르겠다. 젊은 여자가 과일을 사러 올 때, 참외를 소쿠리에 담을 때, 쪼그려 앉아 담배를 피울 때, 길고양이에게 무슨 음식이든 던져주고 싶을 때.

그러니 성별도 세대도 달랐지만, 소극적으로 사귀었고 말없이 헤어졌지만, 나는 이것이 우정이 아니었다고는 말하지 못하겠다.

여름을 닮은 사랑

올해 들어 첫 매미 소리를 듣는다. 아직은 온 힘을 다하지 않는 듯하지만, 점점 뜨거워지고 따가워질 울음이다. 매미는 자신의 마지막을 알아서 더 애태우는 것일까, 몰라서 열중할 수 있는 것일까.

성충이 되기까지 땅속에서의 긴 기다림에 비하면 한 달 남짓의 짧은 수명은 허망하기 그지없다. 그러니 인간의 귀에 성가실 정도로 요란한 소리여도 함부로 불평할 수 없다. 그것을 가장 무릅쓰고 있는 건 다름 아닌 매미이니 말이다.

8월이 가장 뜨거운 달이 되어버린 것은 이처럼 절정과 쇠락을 모두 가졌기 때문일 것이다.

혹서에 자신의 열기를 견디다 못해 옆의 가지와 부딪혀 불을 내는 나무가 있다고 한다. 자연발화라고는 하지만, 나무 스스로 불을 지르는 셈이다. 자신의 뜨거움을 몰아내려 오히려 뜨거움으로 뛰어들고마는 참혹한 형편이다. 그런데 이 운명이 나무의 것만은 아닌 것 같다.

나는 한여름의 숲을 바라볼 때마다, 불에 그슬어가는 나무와 그 둘레를 감도는 연기를 상상한다. 그것이 꼭 사랑하는 일과 같다고 생각하면서.

요절한 가수 라사(Lhasa)의 노래 중에 "영혼은 더 이상 사랑하지 않을 때 불을 지른다"는 가사가 있다. 한번 듣고 잊히지 않았던 건, 내가 그런 영혼과 마주한 적이 있어서이다.

차가운 겨울, 이별하려는 연인이 있었다. 여자는 남자와 헤어지고 싶었고 남자는 그러기 싫었다. 두 사람은 말없이 같은 골목을 몇 바퀴째 돌았다. 여자를 따라나섰던 어린 나는 발이 꽁꽁 얼도록 덩달아 걸을 수밖에. 마침내 추위와 침묵에 참을 수 없어진 여자가 멈춰 섰고, 내 핑계를 대며 집으로 돌아가야 한다고 말했다. 다시는 만나지 않을 거라는 말도 야무지게 붙였다.

남자는 소리를 질렀다. 주먹으로 벽을 치고, 머리카락을 거칠게 넘기며 울었다. 처음 보는 모습이었다. 남자의 입에서 입김이 쏟아져 나왔다.

헤어지면 내 손목 지질 거야! 널 얼마나 사랑하는지 보여줄게! 남자는 정말 주머니에서 라이터를 꺼냈다. 바람이 세고 손이 얼어서 여러 번 다시 켜야 했지만, 기어이 자신의 손목에 불을 갖다 댔다. 붉은 불꽃과 짧은 비명이 동시에 번쩍였다.

나는 달려가 남자의 다리를 잡았다. 여자는 크게 동요하지 않았다. 그때야 그는 깨달았을 것이다. 이 사랑도 자신이 태운 손목도 돌이킬 수 없다는 것을.

나는 남녀의 사랑과 이별을 알기엔 너무 어렸지만, 그게 무엇인지 모르는 채로 이해해버렸다. 사랑은 불처럼 일어서는 마음이었고, 이별은 불 때문에 끝내 사그라드는 마음이었다. 남자는 보이지 않는 불꽃을 보여주려고 조바심을 냈지만, 여자는 이미 검은 재와 흰 연기의 시간에 도착해 있었다.

괴팍하리만치 도도한 정념은, 지금에 대한 완전한 몰두에서 만들어진다. 아침부터 저녁까지 울음을 멈추지 않는 것도, 자신을 해하는 것도 그렇다. 뜨거운 존재들이 견디고 있는 것은 '지금'이라는 시간이다.

나는 그들 앞에서 얼마쯤 열등하고 어정쩡한 사람이다. 내게는 뜨거움이 부족하다. 늘 지금을 건너 서늘한 미래에 더 오래 시선을 둔다. 탄 나무의 흉터와 8월 끝에 나란히 누워 죽은 매미 두 마리와 불꽃보다 더 높은 공허에.

그러나 시인 가브리엘라 미스트랄은 이렇게 말해준다.

> 너의 조용한 빛은 눈에서 반짝이리니, 술이나 열정으로 이글거리는 눈을 가진 자들은 이렇게 물으리라.
> "저 여자의 내면에 있는 불은 어떤 것이기에 그녀는 그을리지도, 연소되지도 않는 걸까?"*

혹시 나에게는 불 대신 빛이 있을지. 불을 지를 수는 없지만 당신을 환하게 비출 수는 있을지. 은은하게 나의 사랑을 연명해나갈 수도 있을지.

벅찬 여름을 지나며, 그것을 지켜보기로 했다.

* 가브리엘라 미스트랄, 「예술」, 『세계 여성 시인선: 슬픔에게 언어를 주자』, 아티초크(2016)

온 마음을 다해
오느라고

새는 날씨에 따라 다른 음률로 지저귀고, 순록은 계절에 따라 눈동자 색을 바꾼다. 내가 퍽 좋아하는 이야기이다.

숲을 향해 고요한 귀를 내밀면, 새가 그런 것은 어렵지 않게 알아챌 수 있다. 함박눈이 내릴 때, 태풍을 앞두고 있을 때, 화창할 때, 높낮이와 빠르기가 달라지는 새의 목소리는 그 자체로 근사한 악보이다. 새소리를 기보한 작곡가가 있었다는 사실이 놀랍지 않다.

하지만 순록의 눈동자가 금색에서 푸른색으로, 다시 푸른색이 얼비치는 금색으로 변하는 순간은 어떨까. 사계절 순록의 뒤를 밟아 그 신비를 목격할 기회는 아마 내게 오지 않을 것이다.

대신, 그와 닮은 변신이 자연의 다른 부분에도 존재하지 않을까.

내가 찾은 것은 호수이다. 소로우는 1846년 3월의 일기에서, 얼음이 녹고 봄의 징후가 찾아온 호수를 보며 이렇게 적었다. "봄의 신호는 하늘에 나타나기 전에 먼저 호수의 가슴에 비친다."

내가 그보다 늦게 4월의 한가운데에서 호수를 보았을 때, 호수의 가슴에는 옅은 분홍빛이 감돌았다. 호숫가 둘레를 수십 그루의 벚나무들이 감싸 안고 있어서이다. 벚꽃은 절정에 다다라 꽃잎을 떨구기 시작했고, 물 위에서 가만히 흔들리고 있었다. 간혹 물오리들이 지나가며 꽃 무더기를 흩트리곤 했다.

한낮을 틈타 꽃을 보러 나온 사람들이 많았다. 자전거를 타고 단숨에 지나가기도 했고, 사진을 찍느라 한자리에서 움직이지 않기도 했고, 뒤처지는 개를 기다리느라 걷다가 자주 멈추기도 했다. 저마다 다른 속도가 있어 길이 다채로웠다.

나는 천천히 걷다가 호수 가장자리를 따라 놓인 벤치 앞에 섰다. 한 노인이 호수를 향해 앉아 있어서, 볕을 고스란히 받는 그의 굽은 등을 보았다.

머리 바로 위에서 벚나무 가지가 흔들리자 등 위에 드리워진 가지의 그림자도 덩달아 바람을 맞았다. 그가 하염없이 한곳을 바라보기에 나도 따라 보았더니, 하필 주름 같은 물결과 낙화가 눈에 뜨였다. 노인은 꽃그늘 밑에서 늙어가고 있었다.

늙는다는 것을 나는 어려서부터 생각해왔다. 서른과 마흔의 나는 궁금하지 않은데, 일흔 즈음의 내 모습은 보고 싶었다. 중간의 시간을 다 살아내는 일이 막막하기만 해서, 끝을 떠올리길 버릇했는지도 모르겠다.

팔다리가 나무처럼 굳어가고, 호흡이 가빠지고, 덜 보이고 덜 들리게 될 때, 나는 어떤 마음으로 살아가게 될까. 아껴 움직이고, 아껴 말을 하고, 아껴 보고 듣게 될까. 아껴 사랑하게 될까 아니면 사랑을 아끼게 될까.

노인의 몸이 가벼워지는 것은 뼈가 비워지는 탓이 겠지만, 점점 더 많은 것들을 단념해서 버려지는 무게도 분명 있을 것이다.

노인의 등을 가만히 보며, 나는 그 반대편 가슴 안에 머무는 색(色)에 대해 생각했다.

빛을 흡수하거나 반사해서 만들어지는 것이 색이라면, 무엇이든 마음에 들이고 보내며 일생을 살아야 하는 사람에게도 색이 있을 테니까. 어느 물감도 따라 잡지 못할 만큼 찬연한 색이 있다고 믿는다. 그러나 어쩌면 그는 이제 색이 바랬다고, 혹은 아예 색을 잃었다고 느끼고 있을지도 몰랐다. 그게 늙음일 것이다.

대개 서른, 마흔, 예순 같은 나이에 큰 의미를 두고 '꺾인다'는 표현을 쓴다. 나는 삶을 꺾이게 하는 것은 그보다는 '사건(경험)'이라고 생각한다. 주로 나쁜 사건—개인의 불행이나 세계의 비극—을 겪는 순간이라고. 그래서일까. 나는 덜 늙고서도 늙었다고 느낄 때가 있다. 보내지 않으려고 아무것도 들이지 않는 사람이 되었다고. 몸의 관절이 오래 쓰여 닳듯, 마음도 닳는다. 그러니 '100세 인생'은 무참한 말일 뿐이다. 사람에게는 100년 동안이나 쓸 마음이 없다.

사람의 색이 바래거나 사라지지 않고, 순록의 눈동자나 호수의 가슴처럼 그저 색을 바꿀 수 있다면 좋을 것이다. 계절에 따라, 나이에 따라, 슬픔에 따라. 그러면 삶의 꺾임에도 우리의 용기는 죽지 않고, 무엇을 찾

아 멀리 가지 않아도 서로에게서 아름다움을 목격하며
너르게 살아가지 않을까.

온 마음을 다해 오느라고, 늙었구나.*

내가 귀하게 여기는 한 구절이다.

노인을 경외하는 것은, 내가 힘겨워하는 내 앞의
남은 시간을 그는 다 살아냈기 때문이다. 늙음은 버젓
하지 못한 것이 아니라 마음을 다한 결과일 뿐이라 여
기기 때문이다. 열차가 완전히 정지하기 전에 그러하
듯, 흔들림 없이 잘 멈추기 위해서 늙어가는 사람은 서
행하고 있다.

반면 나에게는, 지나야 할 풍경이 조금 더 남아 있
다. 써야 할 마음도 조금 더 있다. 그것들이 서둘러 쓰
일까 봐 혹은 슬픔에 다 쓰일까 봐 두려워, 노랑이처럼
인색하게 굴 때도 있다.

그날 노인의 뒤에 서서, 그에게는 위로로써 나에게
는 격려로써 저 시구를 읊조렸다. 노인에게는 멈추는 힘
이, 나에게는 나아가는 힘이 필요하다. 그래서 나는 노
인의 등을 바라보고, 노인은 호수의 가슴을 바라본다.

• 세사르 바예호, 「여름」, 『오늘처럼 인생이 싫었던 날은』, 다산책방(2017)

영원 속의 하루

알렉산더는 여러 세대에게 영향을 끼친 존경받는 원로 시인이다. 그는 죽음을 직감하고, 주변을 정리한 후 멀리 떠나려고 한다. 한편 시를 완성하기 위해 필요한 시어를 찾는 중이다. 그는 내전을 피해 국경을 넘은 소년과 우연히 만나 동행하게 되고, 그 여정 동안 소년에게서 세 개의 단어를 듣는다. 코르폴라무(나의 작은 꽃), 세니띠스(이방인), 아르가디니(너무 늦었다).

테오 앙겔로풀로스 감독의 영화 〈영원과 하루〉의 이야기이다.

알렉산더에게 단어가 하나씩 주어질 때마다, 영화의 시간은 과거의 한때로 미끄러져간다. 작은 꽃 같은 유년의 하루에서 시작하여, 끊임없이 부유하는 내면 탓에 사랑하는 사람들 곁에서도 겉돌았던 중년의 하루, 마지막으로 홀로 남아 과거를 반추하는 노년의 하루. 모두 한 시절의 하루만을 그린다.

처음 들리는 대사는 이렇다.

"지진으로 물속에 잠긴 도시가 한 번 솟아오르는 때가 있다."

그리고 마지막 대사는 이런 문답이다.

"내일은 뭐지?" "영원 그리고 하루."

이 대답을 저마다 다르게 받아들일 것이다. 보이지 않는 영원보다 지금 이 순간을 만끽해야 함을 강조한 것이라 느낄 수도 있다.

나는 그 느낌에 고개를 끄덕이면서도, '영원'으로 기우는 시선을 어찌할 수 없다. 그렇다면 영원은 무슨 소용일까. 영원이 없어도 하루를 아끼게 될까.

하루가 완벽할 때 우리는 그 하루가 계속되기를 바란다. 사랑하는 이와 함께하는 시간을 떠올려보면 수월하게 이해된다. 강철 심장을 가진 게 아니라면, 하루만 존재하는 사랑을 감당할 수 없을 거다. 그래서 사랑은 부질없는 줄 알면서도 영원을 끌어와 덮으려고 한다.

하루도 마찬가지이다. 영원이라는 이불 없이 하루는 흠 없이 포근하지 않다. 이런 이유로, 나는 영화의 마지막 말을 '영원 속의 하루'로 약간 비틀어 이해한다. 옥타비오 파스가 시 「바람」에서 쓴 "현재는 영속한다"와도 닿는 말이다. 풀어 말하면, 오늘은 영원 속에서 거듭 존재한다. 절망스럽게도 영원은 인간이 가질 수 없는 시간의 범위 안에 있는 것 같다. 그럼에도 우리에게는(적어도 나에게는) '지속'의 개념, '지속'에 대한 동경이 필요하다.

죽음을 앞두고 허무에 잠겨 있던 알렉산더도 세 번의 하루를 환상으로 겪은 후 '영원'을 자각하게 된 것 아닐까. 끝에 이르러, 시한부인 그에게 내일은 없음이 한결 명확해졌는데도 오히려 이런 말을 한다.

"내일을 위해 계획을 세울 거야."

물리적인 상황과 상관없이 그는 '지속'에 대한 용기를 얻은 것이다.

거기에 이르기까지 알렉산더에게는 세 개의 시어(詩語)가 있었다. 나는 우리에게도 그와 같은 시어가 필요하다고 여긴다. 시인이 아니라도, 시를 지으려는 게 아니어도 말이다.

시어는 말 그대로 돌멩이, 가시, 구름 같은 단어일 수도 있고, 누군가의 얼굴이나 사건일 수도 있다. 그것은 아주 깊은 곳에 잠겨 있어 쉽게 발견되지 않는다. 예민하고 집요하게 찾아 헤매야 하고, 그러기 위해서는 일단 어둠 속으로 첨벙 뛰어들어야 한다.

사람은 매일 오늘을 잃고, 영원은 얻지 못한다. 그 상실을 나만의 시어가 달래줄 것이다. 무언가를 희망할 용기가, 단 하루 솟아오르는 도시처럼 융기할 것이다.

영화에서 알렉산더가 두 번이나 언급하는 말—그러니 다분히 의도적인—이 있다. 자신이 좋아하는 음악을 틀면, 잠시 후 앞집에서 같은 음악을 튼다는 것. 누구인지 알아볼까 싶기도 했지만, 모르는 채 두는 편이 낫겠다는 결론을 내린다. 화답하는 존재가 있다는 것을 알아채는 것만으로 충분하다고 느꼈기 때문일 테다.

나 역시 이것을 위안으로 삼는다. 어딘가에 나의 메아리가 있다. 내가 혼자라고 해도, 나의 시간에 동반하는 당신의 시간이 있다. 우리는 같은 영원 속에 산다.

바다에서 바다까지

바다에 관한 근사한 말은 (내가 하려고 했는데) 까뮈가 이미 했다.

> 강은 지나가지만 바다는 지나가고도 머문다. 바로 이렇게 변함없으면서도 덧없이 사랑해야 한다. 나는 바다와 결혼한다.*

바다를 처음 본 때는 열한 살. 그전에는 내게 바다 대신 강이 있었다.

강이라면 수천수만 개의 물결들이 현기증이 나도록 반짝거리던 것, 내가 거기 돌멩이를 무수히 던지며 혼자 놀았던 것, 어느 날 강에 업혀 잠든 듯 흘러가던 죽은 여자를 보았던 것이 생각난다. 강은 고요하고 지겹고 아름다우며 우물처럼 으스스했다. 물결은 가만히 보면 날개를 펼친 새와 닮았는데, 그래서인지 강은 늘 나를 두고 멀리 가버렸다. 강 앞에서 나는 언제나 서운한 사람이 되었다.

과묵한 강과 달리, 바다는 우선 떠들썩했다. 자꾸 내 앞으로 달려와 발목을 잡았다. 강이 나를 따돌리는 친구였다면, 바다는 내가 시큰둥해도 거듭 다가와 말을 거는 속없이 다정한 친구 같았다.

---

* 알베르 까뮈, 『결혼, 여름』, 책세상(1989)

77

바다는 나를 웃게 했다. 파도가 술래잡기 놀이를 하듯 오가다가 휙 물을 튕기고 발을 적시고 말 때, 포말처럼 웃음을 부시지 않을 수 있을까.

그러나 바다가 기쁜 기억만을 준 것은 아니다.

아이였을 때 내가 강에서 보았던 것을 커서 바다에서도 보았다. 눈앞에서 웃던 사람이 몇 분 후 죽어가는 것을, 그 통렬한 격차를 처음으로 목격했다. 내상이 있었는지, 그 후로 길을 걷다가도 목덜미로 파도가 덮치는 환각 탓에 돌연 멈춰서야 했다. 바다에 가자는 주변의 청은 모두 거절했다. 그렇게 어쩔 수 없이 바다를 보지 못하고 지내던 시간도 있었다.

그럼에도 나는 여전히 바다에 기대는 사람이다. 매혹에 두려움이 얹혀, 기쁨에 고통이 얹혀, 오히려 바다를 벗어날 수 없게 됐다. 나는 그중 하나를 선택할 수 없다. 모두 내 발목을 적시고 물러갔다가 또 적시러 올 때까지, 나의 자세는 마냥 차렷이다.

마음을 다쳤을 때는 더 간절하게 바다를 찾는다. 속을 드러내기 힘들어하는 내가 그 앞에서는 잘도 털어놓는다. 마다스 왕의 이발사가 숲으로 가서 "임금님 귀는 당나귀 귀"를 속삭였다면, 나는 바다로 가서 그렇게 한다. 바다는 나의 비밀을 듣고도, 고해사제처럼 아무에게도 발설하지 않는다는 것을 알기 때문이다. 바다에는 모래보다 소금보다, 비밀의 밀도가 높을 것이다.

소라껍데기를 귀에 대면 바다 소리가 들린다고 했다. 어릴 때는 철썩이는 소리를 기대했다가 들어보고 갸웃했다. 실은 그게 아주 멀리서 부는 바람이나 사람의 입술 근처에서 맴도는 숨의 소리와 비슷한 탓이다. 하지만 지금은 바로 그 소리가 바다를 이룬다는 것을 알고 있다.

바다는 저 혼자 아름답지 않다. 바다 곁에서는 모래도, 물결의 무늬도, 새와 사람의 발자국도 아름답다. 그래서 나는 바다 곁에서 살기를 바라고 있다. 걸어서 바다에 닿을 수 있는 크지 않은 집에서, 가능한 아는 사람들 없이 혼자 혹은 둘이서, 변함없이 덧없이 사랑하면서.

품이 큰 나무를 볼 때마다 생각한다. '나는 나무 아래 묻히고 싶어.'

바다를 볼 때마다 생각한다. '그 나무는 바다 앞에 있어야만 해.'

살아서 어찌 될지는 모르겠지만, 나의 마지막은 기필코 바다에서 바다까지 머무르기를.

아무것도 몰라요

- 미나모토노 사네아키라

달을 올려다볼 때마다 떠오르는 시가 있다.

> 사랑하는 마음이 꼭 같지는 않더라도
> 오늘 밤 내가 보는 이 달을
> 당신이 안 보고 있다고는 못하겠지*

사랑하는 마음을 지어내본 적이 있다. 거짓부렁으로 사랑하는 척해보았다는 것인데, 그게 그럴 만한 이유가 있어서였다.

어릴 때 우리와 함께 살면서 맞벌이 부모님 대신 살림을 하고 나와 내 동생을 돌보던 언니가 있었다. 그전에는 먼 친척 할머니가 그 역할을 했는데, 어느 날 "할머니는 식모"라고 쓴 쪽지가 발견되어 할머니를 크게 노엽게 했다. 나와 동생은 나란히 앉아 추궁당했고, 절대 내가 쓰지 않았다고 우겼지만 사실 글을 쓸 수 있는 건 나뿐이었다. 나는 '식모'란 말을 어디선가 듣고는, 그게 '이모'나 '고모'와 비슷한 말인 줄 알았다. 그랬던 그 낱말이 할머니에게 상처를 주었다는 사실이 끔찍해서 나조차도 받아들일 수 없었다. 여차저차 할머니는 우리 곁을 떠나 시골로 돌아갔고, 거기에서 이번에는 젊은 언니가 올라왔다. 이름이 '옥미'라고 했다.

옥미 언니는 고아이고, 열아홉 살이지만 진작부터 학교는 다니지 않고 있었다. 나는 그것에 대해서 더 묻지 않았다. '고아'는 '식모'처럼 들을수록 속상한 말일 뿐이니까.

언니는 특히 내게 애정을 쏟았다. 모든 말을 털어놓았고, 어디든 나를 데리고 다녔다. 고작 여덟 살이었던 내가 언니의 유일한 친구였을 거라는 생각을 하면 마음이 좀 아프다. 하지만 내게도 언니가 유일했으니, 우리의 외로움은 공평했으리라.

집안일을 하는 것만으로도 벅찼을 텐데, 언니는 어떤 경로인지 모르겠지만 연애도 섭섭지 않게 했다. 좋아하는 남자가 생기면 언니는 먼저 나에게 고백했다. 두 볼이 발갛게 달아오르고, 연신 손부채질을 하고, 웃음이 헤퍼져서는 수다를 이어갔다. 그럴 때 언니는 한겨울이라도 더워 보였다. 좋아하는 마음은 저렇게 더워지게 하는 걸까, 생각했다.

언니가 내게 공들여 고백하는 또 다른 이유는, 그 남자에게 편지를 쓸 사람이 바로 나였기 때문이다. 내 글씨는 책에 찍힌 활자체처럼 바르고, 맞춤법도 거의 맞았다. 누가 봐도 어른의 글씨체였다. 언니는 글씨 쓰는 것을 제대로 배우지 못했고, 나는 그 사실을 감춰주고 싶었기 때문에 대필의 역할을 선선히 받아들였다.

연애를 시작하기 위해서는, 맨 먼저 이름을 바꿔야 했다. 언니는 자기 이름이 촌스럽다고 여겼다. 밤에 같이 누워 예쁘다고 생각하는 이름들을 혀 위에서 굴려보다가, 마침내 '은하'라는 이름을 만들었다.

우리는 방바닥에 엎드려 빈 편지지 앞에 머리를 모았다. 연필은 내가 잡았다. 라디오에서는 윤시내의 〈나는 열아홉 살이에요〉가 막 흘러나오고 있었다.

첫 줄에 또박또박 '안녕하세요. 내 이름은 은하예요'라고 쓰고 나자 말문이 막혀버렸다.

"뭐라고 적지?" 언니는 내 얼굴을 빤히 보며 물었다. 나야 모르지. 남자를 좋아하는 건 내가 아니니까. 하지만 좋아한다는 글을 적으려면, 나는 거짓으로나마 남자를 진실로 좋아해야 했다. 헛소리 같지만 정말 그랬다.

나는 내가 옥미 언니 아니 은하 언니라고 상상했다. 언니의 발간 볼을 나의 볼로 옮겨오고, 눈꼬리와 입꼬리로 자꾸 새어 나오는 웃음도 내 얼굴에 새겨 넣었다. 남자와 얘기하고 싶고 유원지에 같이 케이블카 타러 가고 싶은 언니의 마음도 내 마음속으로 쑥 집어넣었다.

또 이런 장면도 그려보았다. 대학생인 남자가 언니의 머리를 쓰다듬으면 언니가 부잣집 딸처럼 새초롬한 표정을 짓는 것.

안녕하세요. 내 이름은 은하예요.
열아홉 살이에요. 나는 아무것도 몰라요.
나도 대학생인데, 우리가 얘기를 하면 재미있을 것 같아요. 하숙집에 놀러 가도 돼요?

윤시내의 노래를 살짝 베끼고 이름과 신분을 살짝 바꾼 다음 당돌하게 마무리한 편지를 봉투에 넣고 나서는, 언니도 나도 손으로 부채질을 했다.

나는 언니 대신 남자의 하숙집 방문 틈에 편지를 끼워 넣고 오기 위해, 어른들 몰래 대문을 나섰다. 대문 밖은 깜깜하고 추운데 나는 추운 줄 몰랐다. 더운 사람이 됐기 때문이다.

나는 잠시 선 채로 밤하늘을 올려다보았다. 보름달이 내 마음처럼 뿌듯하게 빛나고 있었다.

우리는 남자의 하숙집에 초대받아 갔다. 앉은뱅이 책상을 사이에 두고 마주 앉아, 언니는 최선을 다해 대학생인 척했고 나는 언니의 친동생인 척했다. 글씨가 되게 예쁘시던데, 호호호, 둘이 주고받는 말도 못 알아듣는 척했다.

남자의 등 뒤 선반에 꽂힌 두툼한 철학서들이 왠지 불길했다. 말을 길게 나누면 우리의 정체가 탄로 날 것만 같아, 나는 조바심을 내었다. 하지만 그 밤은 일단 간질간질하게 흘러갔다.

사랑이라는 진실을 전하기 위해 거짓이 많이도 필요했던 언니와 사랑이 뭔지도 모르면서 연서를 썼던 어린 나. 2인조 가짜 자매 사기단의 야행이, 공소시효가 한참 지난 지금까지 그립다.

잘 걷고 잘 넘어져요

"어떻게 맨날 걷다가 넘어져?" 친구의 말이다. "하이힐을 신는 것도 아니고." 내 슬리퍼를 내려다본다.

나는 잘 넘어진다. 걷다가 넘어지니 속력 탓은 아니고, 대개는 한눈을 팔아서 그렇다. 서두르지 않는 마음이 외려 발을 거는 것이다. 걸으면서 옆도 보고 뒤도 보고 하늘까지 보니, 사람이나 기둥에 부딪히는 일도 잦다.

앞만 보며 타박타박 걸어가는 일이 내게는 어렵기만 하다. 세상에는 장애물이 지나치게 많다. 돌 틈의 들꽃도, 문득 날아가는 새도, 떼를 쓰는 아이도, 봉지에서 우르르 굴러 나오는 사과도, 곁에서 함께 걷는 사람의 처진 눈꼬리도, 달도.

이런 형편이니 이제는 넘어져도 감정의 동요가 없는 편이고, 상처를 입는 것에 대해서도 관대하다. 얼마간 통증을 겪고 몸에 흉터가 새겨져도 개의치 않는다.

그런데 딱 한 번, 발목을 접질렸을 때는 평정심을 잃었다. 의사가 절대 걷지 말라는 처방을 내렸기 때문이다.

걷지 말라니요! 걷지 않고 어떻게 숨을 쉬나요? 걷지 않으면 내 마음은 어디에서 사나요?

처음에는 석고 속에 유폐된 내 왼쪽 발을 구경하는 게 재미있기도 했다. 벽에 발을 척 올리고 누워, 깁스 모양처럼 '기역(ㄱ)'으로 시작하는 낱말을 읊조려

보았다. 강, 감나무, 기린, 그림자, 깃, 고구마, 군고구마
…….

그다음 주에는 문장을 만들었다.

그래요, 나는 냄비 안에 들어가지 말았어야 했어
요. **군**고구마가 한숨을 쉬었다. **고**사리가 옆에서 위로
했다. 그슬리는 기분은 나도 잘 알아요. 그만 잡시다, 배
가 고파지기 전에.

애초 예측한 일주일은, 보름이 되고 한 달이 됐다.
나은 듯하다가도 깁스를 빼면 한 걸음도 걷지 못했다.
그러는 동안 의사는 계속 나를 혼냈다. 걸으면 안 된다
니까요. 발을 자꾸 쓰니까 낫지를 않잖아. 나는 이래저
래 속상했고 지쳐버렸다.

결국 깁스를 벗는 날이 오기는 했지만, 걸음걸이가
이상해졌다. 왼쪽 발에 전혀 힘을 주지 않은 채 바닥에
서 떨어뜨리지 않고 질질 끌면서 걷는 식이었다. 오래
딱딱한 석고붕대에만 의지해서 걸어서였다. 오른발은
금방 피로해졌고, 왼발은 원래 아픈 대로 아팠다. 다시
는 처음처럼 걷지 못할 것 같아 불안했다.

다니던 병원을 관두고, 한의원을 찾았다. 한의사는
정형외과 의사와 정반대의 의견을 제시했다. 깁스를 한
달 넘도록 하는 바람에 그게 오히려 인대를 굳게 만들
었다고 했다. 나는 도대체 뭐가 뭔지 모르겠는 심정으
로, 주기적으로 침을 맞으러 다녔다.

그날도 침대에 누워 기다리는데, 한의사가 들어오

90

더니 말했다. "왼쪽 발로 걷는 거 무섭죠?" 침대까지 가는 동안의 내 걸음걸이를 눈여겨본 모양이었다. 그는 내 발목 주위로 침을 놓으며 말을 이었다.

"한번 다친 발이니까 더 조심스럽고, 또 아플 것 같고 그렇죠? 그래도 왼발에 힘을 실어야 해요. 안 그러면 계속 약해질 거예요. 두려워하지 말고 발을 내딛어요. 괜찮아요. 걸어요. 자꾸 걸어요."

그가 커튼을 닫고 나간 후 다시 혼자 남아 누워 있으면서, 나는 어쩐지 후련하고도 글썽글썽한 기분이 되었다. 발목을 고쳐달라 했더니 마음을 고쳐주고 그래요.

신호등의 초록색이 사라지기 전에 횡단보도를 건널 수 있기까지는 반년, 떠나려는 버스를 잡으려고 약간 달음박질을 할 수 있기까지는 1년, 발목을 접어 앉을 수 있기까지는 2년이 걸렸다. 긴 회복기였지만 조바심내지 않고 보냈다. 마음에서 두려움이 사라지는 만큼, 내 발목이 조금 더 어려운 일을 해내는 것을 지켜보았다.

그러고도 지금까지 남은 미미한 통증은, 그 끈기를 봐서라도 몸에 머무르게 해줘야지 어쩌겠어.

국경을 넘는 일

이제 내 마음이 말을 그친다
파도도 그치고
독수리들이 다시 날아간다
발톱이 피로 물든 채[*]

말을 잃은 적이 있다. 목소리를 갖고 있어도 말을 할 수 없었다. 말하고 싶은 마음을 잃었기 때문이다.

내게서 말을 훔쳐간 것은 슬픔이었다. 그리고 그것을 되찾아올 힘이 내겐 없었다.

그때 나는 마르셀 마르소를 만났다.

무언극 배우인 마르소는 60년간 비(非)언어로 이야기를 전달했다. 얼굴을 하얗게 분칠하고 붉은 꽃이 달린 모자를 쓴 '빕bip'이라는 캐릭터를 통해서였다. 그의 팬터마임은 짧지만 깊은 감정을 압축하고 있어서, 몸으로 시를 쓴다는 평을 받기도 했다.

프랑스 태생 유대인인 마르소는 나치가 프랑스를 침공했을 때 가족과 함께 피난을 떠났다. 그 과정에서 아버지는 발각되어 아우슈비츠에서 숨졌다. 그는 레지스탕스 활동을 하는 한편, 연기와 팬터마임에 대한 일관된 사랑을 키워갔다. 자신의 재능을 이용해서 고아원에 있던 유대인 어린이들이 중립국인 스위스로 무사히

---

[*] 울라브 하우게, 「이제 내 마음이 말을 그친다」, 『어린 나무의 눈을 털어주다』, 봄날의책(2017)

넘어가도록 돕기도 했다. 아이들이 불안해하지 않게 보이스카우트 리더 흉내를 내며, 마치 모두 모험을 떠나는 것처럼 느끼게 한 것이다.

긴 시차와 공간의 폭을 두고 살아가는 나도 마르소에게 기댈 수 있었다. 그가 지어내는 몸짓을 따라가다 보면, 말을 않고 지내는 시간도 덜 무서워졌다. 나의 슬픔도 모험 같은 것이라 느끼며, 하여튼 계속 걸었다.

내가 오래 기억하는 하루가 있다. 그즈음 마임을 배우고 있었는데, 그날도 지하 연습실에 있다가 휴식을 취하러 건물 입구로 올라갔다. 나는 그저 멍하니 서 있었다. 아직 말을 돌려받지 못한 때였다.

맞은편 야트막한 담 아래, 누가 한 소쿠리만 쏟아놓은 것처럼 둥그런 볕이 보였다. 이상할 것도 없는 장면이었는데 왠지 눈에 설었다. 볕이란 것을 처음 보는 듯 한참 바라보다가 문득 이런 생각이 들었다. '내가 저기로 건너갈 수도 있지 않을까.'

열 걸음도 걷지 않아 맞은편에 도착했다. 세 뼘 정도의 볕 안으로 들어가 앉았더니, 내 몸과 크기가 딱 맞았다. 목덜미와 등으로 온기가 스며들었다.

잠시 후 나는 원래의 자리로 돌아갔다. 다시 지하로 내려가기 전 볕을 또 한번 멀리서 바라보았다.

어떤 일을 겪고서 아무 일도 없는 듯 살 수는 없어, 그건 거짓된 삶이야, 하지만 이제 볕이 보이네, 라고 생각했다. 아니, 거의 중얼거릴 뻔했다.

　다시 이전과 같이 나의 미래를 낙관하고 마음을 활짝 열어 사랑할 수 없을 것이 분명했다. 어떻게 해도 끝과 죽음을 먼저 고려하게 될 것이었다. 하지만 그늘 속에 몸을 둔 채로 볕을 보는 사람, 내 몫의 볕이 있음을 아는 사람, 볕을 벗어나서도 온기를 믿는 사람은 될 수 있을 것 같았다.

　순간 깨달았다. 내가 국경에 거의 다다랐다는 것을.

　하나의 모험이 끝나가고 있어서, 나는 선 채로 아이처럼 울먹거렸다.

나만 캥거루
모두 예쁜데

에밀리 디킨슨. 1830년생의 이 여성과 내가 이웃하여 살았다면, 가까운 친구가 되었을 거라고 넘겨짚어본다. 시대의 격차와 개인적인 성격 차이에도 불구하고, 우리의 영혼은 몇몇 지점에서 겹쳐진다. 나는 아무런 노력 없이도 그녀를 이해할 수 있다.

누군가의 삶을 에워싸고 떠도는 소문들을, 나는 언제나 냉담하게 듣는다. 슈니츨러의 소설 문장을 빌려와 말하자면, "한 인생 전체의 현실조차 바로 그 인간의 가장 내적인 진실을 의미하지 않는다"고 생각하기 때문이다. 진실을 드러내지 못하는 사실의 나열에 솔깃해지고 싶지 않은 것이다. 은둔자였던 에밀리 디킨슨에게도 이런저런 소문이 많다. 당시로는 드물게 독신을 고수했고, 사연 없이 결혼을 안 할 리 없다고 단정하는 사람들은 그녀가 유부남을 사랑했다거나 동성애 성향을 가지고 있었다고 말하기 시작했을 것이다. 또한, 집 밖을 나가지 않았고 어느 시기 흰옷만 입은 것에서 섬약하고 신경질적인 면모를 섣불리 추측했을 것이다. 그 모든 것이 일정 부분 사실이라고 해도, 그녀의 진실을 이해하는 데 필요한 정보라고 생각하지는 않는다. 나는 디킨슨이라는 사람을 그보다 가볍게, 이렇게 이해한다.

그녀는 혼자 살고 싶어서 혼자 살았다. 바깥세상에 나가봤는데 별 마음을 끄는 게 없길래 은둔했고, 흰옷을 입은 자신이 가장 멋져 보이길래 흰옷만 입었다. 그것뿐이다.

나의 일은 맴돌기랍니다 -
관습을 몰라서가 아니라
동트는 모습에 사로잡혔거나 -
석양이 나를 보고 있으면 그래요 -
모두 예쁜데 나만 캥거루예요, 선생님*

디킨슨이 평론가 히긴스에게 보낸 편지 중 일부이
다. 여느 시만큼이나 그녀를 환하게 보여주고 있어서
좋아하는 구절이다.

'맴돌기'로 의역된 단어의 원래 뜻은 '어떤 형태나
장소의 가장 바깥쪽 둘레'인데, 나는 그것을 '산책'으
로 이해한다. 디킨슨에게는 칩거의 이미지가 씌워져 있
지만, 대지가 딸린 자택 안에서 실은 매우 성실한 '산책
자'였을 거라고 짐작한다. 그녀는 아침과 저녁, 시를 쓰
다 맞던 새벽에도 집 앞을 걸었을 것이다.

나는 해가 저무는 들판에서 캥거루 무리 가운데 있
어본 적이 있다. 이곳과 반대의 계절을 사는 먼 나라에
서였다. 캥거루는 조용하고 여유로운 동물이다. 먼저
도발하지 않는 한 사람을 해치지 않는다. 가만히 쉬다
가 몸을 훌쩍 띄우며 이동할 때, 그 훌연한 비상이 자아
내는 우아함은 충분히 눈길을 사로잡는다. 그래서 디킨
슨의 투정과 달리, 내게는 캥거루(나)도 해가 뜨고 지는
모습만큼이나 아름다운 존재로 다가온다.

102

대평원을 만드는 데 필요한 것은 (……)
클로버 하나, 그리고 벌 한 마리,
그리고 꿈
벌이 별로 없다면
꿈만 있어도 될 거야**

작고 초라한 생활을 광활하게 만들려면, 우선 클로버 하나를 발견하기. 그리고 꿈꾸기. 이때의 '꿈'은 상상이나 공상의 의미로, 에밀리 디킨슨에게는 바로 시 쓰기로 연결되었다.

그녀는 생전에 무명(無名) 시인이었다. 1800여 편의 시를 썼어도 그중 몇 편만 가명으로 겨우 발표했으니, 이름이 알려질 리 없었다. 누구도 그녀를 시인이라고 부르지 않았을 것이다.

그러나 유명해지는 것이 생의 목적이 아닌 사람에게, 널리 알려지지 않아도 나의 이름과 존재는 사라지지 않는다는 것을 아는 사람에게, '무명'이 무슨 의미가 있을까. 그녀는 시 「무명인」에서도 밝혔다. "나는 무명인입니다. 얼마나 끔찍할까요, 유명인이 된다는 건!"

• 에밀리 디킨슨, 『모두 예쁜데 나만 캥거루』, 파시클(2019)
•• 에밀리 디킨슨, 『절대 돌아올 수 없는 것들』, 파시클(2018)

그녀는 이십대 후반부터 외출하지 않았다고 한다. 그즈음의 나에게도 은둔에 대한 욕구가 꾸준히 있었다. 사람이나 생활에 환멸을 느껴서가 아니라, 그저 눈에 띄지 않는 삶을 선택하고 싶었다. 만약 내가 진심으로 바라던 대로 살았다면, 에밀리 디킨슨의 일생과 비슷해지지 않았을까.

매일 시를 쓰고, 정원을 가꾸고, 생강빵을 잘 구웠던 에밀리. 집 앞에 찾아온 동네 아이들에게 사탕을 나눠 주고 싶어 창밖으로 바구니를 내려보냈던 에밀리. 고독도 고통도 진실해서 좋다고 말한 에밀리. 자신으로 살기 위해 누구처럼 살기는 거부했던 에밀리.

나는 시인으로 불리기 전, 혼자 튀어서 외로운 캥거루 같았던 그녀의 무명시절을 퍽 사랑한다.

겨울은 올 수 있다
하룻밤 사이에도

스무 살부터 4년간, 나는 '안성'이라는 소도시에서 살았다. 사람들은 '안성탕면'의 그 '안성'이라고 말하면 다들 알아들었다(과연 안성은 유기가 아니라 안성탕면의 고장이다).

하지만 전공을 물어 '문창과'라고 대답하면 상대방은 말없이 고개를 끄덕이고는, 문과 창문을 만드는 학과라고 생각해버렸다. 그걸 대학에서 배울 필요가 있는지 의심하면서. 혹은 묻지도 않고 무용과나 연극과라고 짐작하다가 뒤늦게 알고는 "문창과처럼 안 생겼다"고 말했다. 어떤 얼굴이어야 '문창과처럼' 생긴 건지 모르겠지만, 그 말은 하여간 억울했다. 그때 나는 문학에 대한 순정이 있었고, 누구든 내 얼굴에서 그것을 알아채주기를 바랐기 때문이다.

옹색한 수도가 딸린 두 평 방에서 자취를 시작했다. 똑같이 생긴 방이 열 개쯤 붙어 있고, 마당에 재래식 공용화장실이 있는 벌집이었다. 방문이 내려앉아서 제대로 닫히지도 잠기지도 않았지만, 멀리 사는 주인은 수리를 미루기만 했다. 달리 요량도 없어, 나는 바람이든 말소리든 하릴없이 들으며 지냈다.

내 방은 2층이어서 창밖으로 주변의 고만고만한 집들과 논밭과 라면 공장이 잘 보였다. 공기 중에 맨날 스프 냄새가 떠도니까 라면을 먹지 않아도 먹는 기분이 났다.

어느 밤엔 빨래를 걷으러 옥상에 올라갔다가 옆방에 산다는 여자를 만났다. 삼십대 중반으로 보이는 그녀는 조금 더 늙어 보이는 남자와 술을 마시고 있었다. 신문을 깔아 대충 만든 자리였다. 여자는 같이 마시자고 청했고, 나는 스스럼없이 옆에 앉아 맥주를 얻어 마셨다. 남자는 택시 기사였고 여자는 주점에서 일한다고 했다. 그들은 내게 장차 작가가 되는 거냐고 물었고, 나는 알근하게 취해서 그러고 싶다고 대답했다. 멋진 일이라고, 자신들과는 다른 사람이라고 했는데, 그 말이 멋쩍고 아팠다. 여자가 별이 참 많다고 해서, 우리는 고개를 꺾고 한참 밤하늘을 봤다.

나는 작은 밥상 위에서, 멋지지는 않게, 시를 썼다. 정작 학교에는 자주 가지 않는 삐딱한 학생이었지만, 시 창작 수업만은 빠지지 않았다.

처음 만난 시 선생님은 수업 시간 말고도 따로 시간을 내어 내 시들을 읽어주셨다. 구체적인 지적을 하기보다는 네가 열심히 써서 기쁘다, 잘하고 있다고만 하셨다. 그 격려 덕에, 나는 시를 어떻게 쓰는지 모르는 채로도 계속 쓸 수 있었다. 부끄러움을 잊고 자작시를 모아 제본해서 원하는 사람들에게 배포하기도 했다(현상금을 걸어 수배해서 모조리 잡아들이고 싶은 시집이다).

당시 경쟁률이 높은 교내 아르바이트 중에 '포도대'라는 것이 있었다. 조선시대 포도청에서 따온 이름이라는 것도 우스운데, 밤에 캠퍼스를 순찰하며 위험 상황을 발각해내는 일을 하는 사람으로 나를 뽑았다는 것도 어처구니없었다. 음료수 뚜껑도 가끔 못 따는 나를. 여하튼 나는 걷는 것을 좋아하고, 밤의 캠퍼스에는 키스를 하는 연인 이상의 위험은 없어서, 무사히 시급을 챙겼다.

돈이 들어오면 나는 단짝 친구에게 생맥주를 사줄 수 있는 호사를 누렸다. 그녀는 모딜리아니 그림 속 여인들처럼 얼굴과 목이 길었다. 우리는 성격도 취향도 쓰는 시도 달랐지만, 사시사철 싱숭생숭한 인간이라는 점에서 통했다. 봄도 타고 여름도 타고 가을도 타고 겨울도 타는, 조용하지만 이상한 영혼들.

친구는 아마도 제목에 끌려서 샀을 『자살하고픈 슬픔』이라는 시집을 술집에 갖고 왔다. 연보라색의 표지에는 러시아 시인 안나 아흐마토바의 옆모습 사진이 들어가 있었다. 시인의 삶에는 세 번의 사별, 아들의 죽음, 출판 금지 등의 불행들이 숨차도록 빼곡했다. 젊었을 때 파리에 갔다가 모딜리아니와 짧게 사귀기도 했다는데, 그 화가의 여인들과 닮은 내 친구가 시를 읽어주었다.

아마도 내가 당신의 아내가 되지 않은 것이
잘된 일이겠지

태양에 대한 기억이 마음속에서 흐려져간다.

이것은 무엇인가? 암흑인가?

아마도 그럴 것이다! 하룻밤 사이에도 겨울은 올 수 있다.*

친구는 마지막 구절, "하룻밤 사이에도 겨울은 올 수 있다"를 두 번 반복해서 읽었다. "캬—"라는 감탄이 나온 것이 그 구절 때문이었는지 차가운 생맥주 때문이었는지는 잊었다.

얼마나 많은 불운이 우리를 숨어 기다리는지 짐작도 하지 못하고, 그저 책으로 겪는 불행만으로 몸을 떨었던 스무 살의 우리. 정말 모든 것들은 하룻밤 사이에 왔다. 어둡고 차가운 것일수록 더 빠르게. 시인이 되지는 못했지만, 시인의 불행은 우리 것이 되기도 했다.

나는 옥상에서 가난하고 다정한 이웃들에게 했던 고백과는 멀리 살았다. 시를 썼던 시간의 배의 배수만큼, 시를 쓰지 않고 흘려보냈다. 그동안 시 선생님은 작고하셨고, 나는 선생님께 받은 기대를 갚고 싶었던 마음을 쓸쓸하게 접었다.

그럼에도 안성의 추운 단칸방에서 곱은 손에 입김

• 안나 아흐마토바, 「태양에 대한 기억이」, 『자살하고픈 슬픔』, 열린책들(1996)

을 불어가며 시를 읽고 썼던 나를 종종 떠올렸다. 그 기억은 망가진 방문이 그랬던 것처럼, 완전히 닫히지 않고 덜컹거렸다. 순정은 사라진 지 오래였지만, 새로운 덧정이 그 문으로 들어오려 했다.

　문학은 결국 문과 창문을 만드는 일과 다르지 않나 보다. 단단한 벽을 뚫어 통로를 내고, 거기 무엇을 드나들게 하고, 때로 드나들지 못하게 하고, 안에서 밖을 밖에서 안을 살피는 일.

　이제 나는 가진 것 중 가장 단단한 나무를 재단하고, 사포질을 하고 있다. 이것으로 다시 길고 긴 계절의 틈을, 하룻밤의 간격을 메워볼 수 있을까 기대하면서.

꿈과 같은 재료로
만들어 졌네

1

꿈결이라는 말이 있다.

'결'은 한때나 사이의 시간을 뜻하면서 또한 나무
나 물, 살갗의 무늬를 일컫기도 한다. 전자는 눈에 보이
지 않는 개념이라 어떤 단어와 함께했을 때 모호하고 상
대적인 세계를 펼쳐 보이고, 후자는 선명하게 보일 뿐
아니라 만질 수도 있어서 단어에 몸의 감각을 부여한다.
그래서 '결'은 어느 쪽의 의미로든 '꿈'이라는 단어와 어
울린다. 꿈은 실재하지 않지만 실감이 있고, 꿈을 꾼다
는 것은 정신과 밀접하지만 결국 몸의 일이기도 하다.

나는 아이였을 때 꿈결에 걷곤 했다. 몸은 이불을
차고 일어나 방을 나왔지만, 실은 잠에서 깨어나지 않
은 상태였다. 마루를 맴돌 때도 있었고, 아예 집을 벗어
날 때도 있었다.

작은 몸이 거대한 어둠 속을 유령처럼 떠도는 것.
잠옷에 차가운 밤이슬을 묻히고 다니다 부모의 손에 몸
이 들려 다시 이불 속에 눕혀지는 것. 그런 이미지들은
꿈인지 현실인지 따져볼 수 없는 채로 나에게 남았다.
몽유병이었다. 모든 아이들이 겪지는 않아도 어떤 아이
들은 겪고서야 자라는 병.

병명은 병명일 뿐, 내면을 해명해주지 못한다. 나
는 그 밤에 대해 밝혀내려고 애썼다. 꿈에서 무엇을 보
았는지, 혹은 무엇을 보지 못해서 슬프고 두려웠는지,

걸어서 거듭 가려던 곳은 어디였는지. 그러나 꿈은 아무것도 발설하지 못하도록 내 입을 막았다.

어느 날 홀연히 병이 사라졌다고 안심하며 내 몸은 커졌지만, 채 걸어지지 못한 걸음들은 없어지지 않고 모조리 내 안에 버려진 신발처럼 쌓인 것이 틀림없다. 때때로 나는 저항할 수 없는 힘으로 밤 산책을 하는 어른이기 때문이다. 쌓여 있는 신발 중 하나를 꺼내 뒤축을 접어 신고, 할 수 있는 한 멀리까지 걸어갔다가 돌아오기 때문이다.

이제 꿈결이 아니라, 사는 결에 그렇게 한다.

2

잠자는 나를 누군가 바라보고 있는 듯했다. 눈을 천천히 뜨자마자, 젊고 단아한 여자의 얼굴이 보였다. 온통 흰 옷을 입고 서 있는 그녀는 정말 나를 내려다보고 있었다. 그러나 나도 자기를 볼 줄은 몰랐는지 당황하는 기색이었고, 잠긴 방문을 열지 않고 그대로 통과해 도망쳐버렸다. 나는 그 광경에 놀라워할 틈도 없이, 급히 몸을 일으켜 여자를 뒤따라 나갔다.

겨울 한밤이었다. 길에는 아무도 없었다. 두리번거리며 걸었지만 여자는 더 이상 내 눈에 보이지 않았다.

옥상으로 올라가 검은 창들을 달고 있는 집들을 무연히 봤다. 맞은편 작은 창에도 불은 꺼져 있었다. 내가 사랑하는 사람의 집이었다. 그는 자고 있는 게 아니라

116

들어오지 않은 거였다. 그가 왜 나를 사랑하지 않는지 떠올리지 않으려고, 대신 사라진 유령 생각을 했다. 유령의 눈빛이 그리 온화해도 되는지, 원한 없이도 잠들지 못하는 건지, 그런 소용없는 생각들.

어쩌면 여자는 자기가 떠도는 밤이 얼마나 고요하고 쓸쓸한지 보여주려고 나를 깨웠는지 모른다. 우리가 꿈과 같은 재료로 만들어졌다고 말한 셰익스피어는, 사람이 유령의 외로움과도 같은 재료인 것은 알았을까.

3

밤에 돌아오다가 골목 끝에서 다리가 세 개인 고양이를 만난 적이 있다. 나는 그대로 서서 고양이의 없는 다리를, 그러니까 빈 곳을 쳐다보았다. 고양이도 움직이지 않고 내 눈을 똑바로 봤다. 우리는 한동안 고집스럽게 마주하고 있다가, 거의 동시에 발길을 돌렸다.

나는 고양이의 사라진 다리 하나가 어디에 있는지 알고 있다. 그건 아마 어떤 아이의 꿈속에서 계속 걷고 있을 것이다. 아침이 되면 아이는 아무것도 기억해내지 못하겠지만, 왠지 조금 울고 싶어지리라.

저녁이 왔을 뿐

누군가와 카페에 앉아 있던 중에 저녁이 되었다.

창 너머에 있던 야외 테이블과 의자가 지워지고, 그 자리에 나와 그의 얼굴이 흐릿하게 비치기 시작했다. 그는 얘기를 이어갔고 나는 귀를 기울이며 미소를 지었지만 실은 초조했다.

내 안에는 굴뚝이 있다. 땅거미가 지면 거기에서 연기가 자욱이 피어오르고, 나는 꼼짝없이 연기 속에 갇혀 없는 사람처럼 된다. 나에게도 내가 잘 보이지 않아서 조금 두려워진다.

어스름이 나에게만 그렇게 속수무책이지는 않는지, 릴케는 저녁의 시간을 이렇게 해석했다.

그것들은 너를 어느 것에도 온전히 속하게 하지 않는다.[*]

세상의 조도가 낮아지고, 지붕과 나무와 빈 그네에 침침한 그림자가 진다. 선명함을 잃을 때 모든 존재는 쓸쓸함을 얻는다. 우리가 누군가를 사랑할 때 자주 의기소침해지는 이유도 그와 비슷하다. 상대방의 마음이라는 건 도대체 아침에도 낮에도 '저녁' 같기만 하고, 나는 '저녁' 앞에서 노인처럼 어두운 눈을 비비는 것이다.

선명하지 않은 것은 낯설게 보이기 마련이다. 시력

[*] 라이너 마리아 릴케, 「저녁」, 『두이노의 비가』, 열린책들(2014)

이 나쁜 나는 그것을 잘 이해하고 있다. 길가에 주저앉아 얼굴을 무릎에 묻고 있는 사람이 있길래 다가가 보니 쓰레기봉투였다. 바닥에 토사물을 피하려고 급히 발을 들고 보니 벚꽃 무더기였던 적도 있다. 나뭇가지에 걸린 바나나 껍질을 보고 "개나리 폈네"라고 말했다가 친구들에게 두고두고 놀림을 받았다.

이런 일화들은 헛웃음을 치고 말 수 있지만, 한 사람이 낯설어지는 일이라면 웃음기가 걷힌다. 그리고 그 사람이 바로 나 자신이라면.

가끔은 정말 궁금해져서 다른 이들에게 묻고 싶다. 당신은 당신이 낯설지 않나요? 당신이 잘 보이나요?

자라면서 자주 이사를 다니고 학교를 옮겼다. 작별 인사를 하고 낯선 이들에게 내 소개를 하는 일은 하면 할수록 익숙해지지 않고 끔찍해졌다. 아이들은 늘 전학생을 두고 귓속말을 했고, 신기한 소문을 만들어 왔다. 내내 눈을 흘기는 치도 있었다. 나는 학교 벤치에 혼자 앉아 있다가, 밤에 이불 속에서만 울었다. 어디에서든 '여기가 어딜까' 생각했다. 거기에는 '나는 누굴까'라는 질문이 덧붙을 수밖에 없었다. 저들에게 낯선 나는, 나 자신에게도 다름없이 낯설었다.

고등학교 정규수업이 끝나면 의무적으로 자율학습을 해야 했던 때가 있었다. 저녁 식사 시간의 떠들썩함이 물러가고, 정적 속에서 문제집을 넘기는 소리만 들리는 순간이 내게는 고비였다. 나는 교실 뒷문 바로 앞자리에 앉아 친구들의 뒷모습을 한꺼번에 바라보았다. 침침한 형광등 아래에서 저녁의 그림자가 그들의 몸을 덮고 있었다. 그러면 내 마음에서 또 연기가 새어 나오기 시작했다. 여기에 잘못 온 것 같은데, 그렇다고 어디에 있어야 하는지 알 수 없었다.

나는 조용히 교실 밖으로 책상을 빼냈다. 책상을 밟고 올라가 뒤꿈치를 들면, 복도 천장 가까이 난 서쪽 창으로 하늘이 보였다. 노을은 있기도 없기도 했다. 세상에는 왜 서쪽이 있는지, 서쪽은 왜 아름다운지, 아름다운데 왜 두려운지, 그런 답이 없는 질문들을 거기 서서 얼마든지 할 수 있었다. 뻔한 마술처럼 눈앞의 풍경이 어둠에 스며 사라지고, 창 위로 내 얼굴이 비치는 것을 보고서야, 나는 할 수 없다는 듯 책상에서 내려왔다.

그 '자율저녁감상' 시간은 한동안 이어지다가, 어느 순간부터 책상을 딛고 올라가 창밖을 보는 대신 책상 위에 시집을 두고 읽기 시작했다. 시 안에도 서쪽이 많았고, 나처럼 서쪽을 바라보는 얼굴들이 있었다.

집에 있을 때 불을 켜지 않고 저녁을 맞는 편이다. 서둘러 어두움을 쫓는 것이 내키지 않아서이다. 대신 소리를 내어 시를 읽는다. 저녁에는 묵독보다 낭독이 좋다. 내 입술 사이에서 나온 검은 글자들이 새처럼 어둑하게 날아가는 상상을 하며, 나는 시와 저녁이 잘 어울리는 반려라고 느낀다. 모호함과 모호함, 낯설음과 낯설음, 휘발과 휘발의 만남.

바로 그러한 특질 때문에 시도 저녁도 어려운 것인데, 어느새 나는 그것에 기대서만 간신히 살아간다. 뚜렷하고 익숙하며 사라지지 않는 것은 이 세계 어디에도 없음을 알게 되어서이다.

내가 즐겨 읽는 저녁용 시집은, 릴케가 만년에 10년에 걸쳐 쓴 「두이노의 비가」이다. 이를테면 이런 구절.

사랑하는 사람들이여, 세계란 우리들의 내면에 아니고는 어디에도 없다.
우리의 삶은 변용하며 떠나간다. 그리고 외부 세계는 시시로 초라하게 사라진다.*

'변용'이라는 딱딱한 어휘에는 번역자의 주석이 달려 있다. "눈에 보이는 것을 보이지 않는 것으로 옮기

• 라이너 마리아 릴케, 「두이노의 비가(제7비가)」, 『두이노의 비가』, 열린책들(2014)

는 것." 바로 저녁이 하는 일, 저녁에 벌어지는 일이다.

세상과의 결속에서 틈을 느끼는 것은 어쩌면 나의 내면이 나의 존재와 끊어지지 않으려 분투하고 있다는 증거일 수도 있다. 내가 어디에 있는지 누구인지 영영 온전히 이해하지 못하더라도, 계속 시도해보겠다는 의지 같은 것.

저녁은 그렇게, 시를 읽는 나와 함께 늙어간다.

하나의 창문이면 충분하다

많은 이들이 「바람이 우리를 데려다 주리라」를 압바스 키아로스타미의 영화 제목으로 기억한다. 그 구절은 앞서, 이란 시인 포루그 파루흐자드의 시 제목이었다. 영화 속에서 주인공들은 파루흐자드 이름을 언급하기도 하고, 그녀의 시도 몇 편 읊는다.

시인은 열여섯 살에 결혼했고, 이혼으로 아들의 양육권을 빼앗겼으며, 자살을 시도하기도 했다. 이후 영화제작자와 시인으로서 인정을 받으며 안정적인 삶을 찾는가 했지만, 갑작스럽게 자동차 사고로 사망했다. 이 모두가 서른두 살 안에 일어난 일이다. 짧은 삶을 극진하게도 산 것이다. 사망하기 몇 년 전에 썼던 「바람이 우리를 데려다 주리라」에서 보여주는 '두려움' '절망' '허무' '사랑' '생의 열기' 등의 시어들은, 바로 그녀의 영혼에 편재했던 것들이라 짐작할 수 있다.

그런데 그 뜨거움에서 조금 비켜서서, 지금 내가 읽으려는 시는 그녀의 묘비에 적히기도 한 이것.

사랑하는 이여
내 집에 오려거든
부디 등불 하나 가져다주오
그리고 창문 하나를*

---

* 포루그 파로흐자드, 「선물」, 『바람이 우리를 데려다 주리라』, 문학의숲(2012)

나는 '창문'이라는 낱말에 눈으로 동그라미를 친다. 유고시집에 실린 다른 시 「창문」에도 그 낱말이 있다.

나에게는 하나의 창문이면 충분하다.
이해하고, 느끼고, 침묵하는 순간의 창문 하나[*]

언제부터였는지 모르게 창문은 내 곁에, 네모난 이 야기책 같은 것으로 있었다. 나는 눈을 반짝이며 창문 이 들려주는 구연(口演)에 귀를 기울이는 아이였다. 내 게도 진짜 책이 몇 권쯤 있었겠지만, 더 흥미진진한 건 늘 창밖에서 넘어오는 이야기였다. 창문은 그 앞을 지 나가는 순간의 말과 소리만 잡아채기 때문에 매끄럽게 이어지지 않았고, 나는 듣지 못한 이야기의 나머지를 상상으로 채워 넣곤 했다. 웃음소리가 넘어오면 덩달아 웃었고, 다투는 소리가 넘어오면 괜히 조마조마했다.

밤에 누우면 창문 너머로 기차가 지나가는 소리가 들렸다. 그때마다 창유리가 희미하게 떨렸다. 한 번, 두 번, 세 번. 기차를 헤아리면 밤이 얼마나 깊었는지 알 수 있었다. 잠이 오지 않을 때는, 철길 침목을 베고 새 까만 하늘 속의 별을 보았다. 물론 상상으로.

기차는 참 오래도록 멀어지는 것이어서, 나는 내

---

[*] 포루그 파로흐자드, 「창문」, 『바람이 우리를 데려다 주리라』, 문학의숲(2012)

목소리와 기차의 바퀴 소리 중 어느 것이 긴지 혼자 내기를 하려고 아아아— 소리를 내어보기도 했다.

늘 창문 안에서 바깥을 엿듣고 엿보기만 한 건 아니다. 가끔은 나의 이야기책 안으로 뛰어들어갔다.

어른들이 잠든 늦은 밤이면 나는 옥미 언니와 함께 창문을 넘었다. 밤 외출은 당연히 금지된 일이었으니 현관문을 열고 나갈 수는 없었다. 우리의 일탈과 조마조마함에는 작은 창문이 알맞았다.

언니와 언니의 애인과 나, 우리 셋은 근처 유원지까지 걸었다. 그곳엔 케이블카가 있었는데, 걸핏하면 공중에서 떨어져 사고가 났다. 녹슬고 있는 케이블카 옆의 덤불 사이에 비스듬히 누워 우리도 저걸 타면 죽을까, 생각하는 동안 언니와 언니의 애인은 입을 맞췄다. 몰래 만나 어둠 속에서만 얽히는 어린 연인은 추락한 케이블카와 비슷하게 가여웠다.

나는 나대로 밤을 만끽했다. 수풀에서 흘러나오는 달차근한 향기, 검은 호수의 가장자리가 찰랑거리는 소리, 청신한 바람의 촉감 같은 것들이 몸에 아로새겨졌다.

창문을 더는 넘지 못하게 되었을 때, 나의 유년은 끝이 났다.

어른이 되어서도 늘 창문 곁에 바짝 붙어 있었다. 창을 통해 바깥을 보는 것을 좋아했다. 누군가 나에게 다가오는 것도, 나를 속이는 것도, 나를 떠나는 것도,

다 창문으로 보았다. 어느 때는 창문을 닫고 두려워했고, 또 어느 때는 활짝 열어 지나가는 모든 행인에게 손을 흔들었다. 그러니까 창문을 나의 마음처럼, 나의 말처럼 쓴 것이다.

눈을 뭉쳐서 나의 방 창문으로 던졌다고 고백한 사람이 있었다. 그때 나는 집에 없었고, 그는 내 이름을 불러보다가 빈 창에 그렇게 한 것이다. 전화를 할 수도 있었을 것이다. 하지만 어떤 마음은 꼭 창문으로 들어오려고 한다. 그날 그가 던진 것은 동그랗게 빚은 자신의 마음이었을 것이다.

창문에는 이름과 이름을 부르는 목소리 같은 것도 붙고, 눈이나 돌멩이로 위장한 진심도 스쳐간다. 그것들은 숨겨져 있다가, 어두워진 창이 바깥 풍경을 지우고 내 얼굴을 비추면 그 위로 슬그머니 상을 겹친다.

그러니 나에게도 파로흐자드에게도 창문이 필요했던 이유는, 그것이 상상이고 이해이며 꼭 한 번은 거울이 되기 때문인지도 모르겠다. 그 앞에서는 그저 침묵할 수밖에 없는.

회색의 힘

아침 내내, 아침이 어두워지고 있다.[*]

오늘 아침 창밖으로 보이는 세상은 저녁만큼 어둡다. 회색은 힘이 세다. 지붕도 나무도 그 아래를 지나가는 사람까지도 무채색으로 만들어버린다. 나는 고개를 돌려 거실 바닥에서 뒹구는 몇 권의 책들을 본다. 거기에도 이미 회색이 침범했다. 내친김에 잿빛 노래를 한 곡 재생시킨다. 〈Mad Girl's Love Song〉. 캐롤 앤 맥고윈이 실비아 플라스 시에 곡을 붙인 것이다.

내가 눈을 감으면 모든 세상이 죽어서 떨어지지.
눈꺼풀을 들어 올리면 모든 게 다시 태어나지.[**]
I shut my eyes and all the world drops dead.
I lift my lids and all is born again.

원문으로 읽으면 낙하의 쓸쓸함이 더욱 와닿는, 첫 행이자 후렴 같은 구절이다.

실비아는 세상을 떠나기 10년 전에 이 구절을 썼지만, 묘하게도 그녀 앞의 삶을 미리 기록한 것처럼 읽힌다. 눈을 감았다가 뜨고, 또 감았을 시인의 마지막 얼굴이 이 두 행에 자꾸 겹쳐진다.

• 실비아 플라스, 「안개 속의 양」, 『실비아 플라스 시 전집』, 마음산책(2013)
•• 최영미, 「미친 여자의 사랑 노래」, 『시를 읽는 오후』, 해냄(2017)

흐린 날에는 모든 것이 떨어진다. 새는 날개를 떨어뜨리고(낮게 날고), 구름은 빗방울을 떨어뜨리고, 사람은 기분을 떨어뜨린다. 흔히 그보다 조금 부드러운 단어인 '가라앉다'를 선택하지만 말이다.

나는 흐린 날을 다정히 맞는 편이다. 침침한 빛, 자욱한 사물들, 묵직하게 흩어지는 향. 흐린 날에는 모든 존재가 자신을 잠잠히 드러낸다. 내 안의 언어와 비언어들조차 소란스럽지 않다. 그 세계가 몹시 안온하고 충만해서 빠져나오고 싶지 않을 정도이다.

눈이 부시도록 반짝이는 햇빛은 온기를 주는 동시에 대상을 퇴색시킨다. 지나친 빛 속에서는 노출과다 사진 속 피사체가 그러하듯, 내가 배경 속에 희석되거나 본디와 다른 모습이 되고 만다.

그러니 진심이나 맹세는 흐린 날에 건네져야 할 것 같다. 햇빛은 사랑스럽지만 구름과 비는 믿음직스럽다.

침잠은 표면적인 것과 멀어지므로 필연적으로 깊이를 얻는다(그것은 힘이 될 수 있다). 그런데 동시에 무게도 얻는다. 내가 무게를 느낄 때를 곰곰이 따져보면, 거기에는 늘 지나친 자애와 자만이 숨어 있었다. 나를 크게 만들려고 하다 보니 우울해지는 것이다. 마음이 가라앉을 때, 나의 느낌이나 존재를 스스로 부풀리고 싶어 하지 않는지 잘 살펴야 한다.

체스터튼은 『정통』에서 그러한 무게의 해악을 설명하며, "자신을 중시하는 쪽으로 가라앉지" 말고 "자기를 잊어버리는 쾌활함 쪽으로 올라와야 한다"고 강조했다. "엄숙함은 인간에게서 자연스럽게 흘러나오는 것이지만, 웃음은 일종의 도약이기 때문이다. 무거워지는 것은 쉽고 가벼워지는 것은 어렵다."

결국 발목에 추를 달 줄도, 손목에 풍선을 달 줄도 알아야 한다는 뜻이다. 양극을 번갈아 오가는 게 아니라, 한 번에 두 겹의 감정을 포용하라는 것이다. 추를 달 때 풍선을 기억하고, 풍선을 달 때 추를 잊지 않기.

삶의 마디마다 기꺼이 가라앉거나 떠오르는 선택이 필요하다면, 여기에서 방점은 '기꺼이'라는 말 위에 찍혀야 할 것이다. 기꺼이 떨어지고 기꺼이 태어날 것. 무게에 지지 않은 채 깊이를 획득하는 일은 그렇게 해서 가능해지지 않을까.

아침이 어두워지고 있다. 읽다가 덮어둔 책 위로 내 회색 고양이가 몸을 누인다. 고양이는 책을 읽지 않지만 책을 얼마나 사랑하는지. 책을 얼마나 가볍게 사랑하는지. 멀리 있다가도 기꺼이 걸어와서, 꼭 그 위에 털썩 누워 잠들어버린다.

오늘은 회색 위에 회색 고양이가 얹히니 구별이 되지 않는다. 나는 털이 많은 책을 집어 들고 읽기 시작한다. 그게 기쁜지 책은 자꾸 갸르릉 소리를 낸다.

진실은 차츰 눈부셔야 해

영화 〈이반의 어린 시절〉의 한 장면.

소년과 소년의 어머니가 함께 우물을 내려다보고 있다. 어머니가 말한다.

"깊은 우물의 바닥에서는 화창한 낮에도 별을 볼 수 있어."

어떻게 한낮에 별이 보이냐고, 소년이 반문한다.

어머니의 대답. "너와 나에게는 낮이지만, 별에게는 밤이란다."

한동안 폐쇄 정신병동에서 장기거주 봉사자로 지냈다. 십대부터 육십대까지 백여 명의 여성들이 한 층에서 사는 곳이었다. 그들 모두 돌아갈 집이나 가족이 없었으므로, 각자 평생의 시간을 거기에서 보내는 중이었다. 우리는 서로를 '자매'라고 불렀는데, 처음에는 호칭일 뿐이었지만 몇 달 후에는 정말 친자매만큼 가까워졌다.

밤 근무를 맡은 날이었다. 저녁부터 다음 날 아침까지 밤을 새우며 혹시 사고가 일어나는지, 누가 아픈진 않은지 지켜보고 기록해야 했다.

식사 후 약을 분배하며 먹는 척 혀 밑에 숨겨두는 사람이 없는지 확인했다. 그들은 TV를 보거나 대화를 하며 나름의 시간을 보내다가, 9시쯤이면 대부분 이부자리를 펴고 눕고 싶어 했다. 약기운 탓이었다.

소등을 하고 나면 한숨 돌릴 시간을 얻었지만 긴장은 늦출 수 없었다. 그들의 증상이나 성격을 다 꿰고 있다 해도, 예측할 수 없는 발작은 늘 있었기 때문이다.

나는 거실에 둔 의자에 앉아 창밖을 내다보았다. 모든 창 너머에는 창살이 있어서 밤은 여러 조각이었다. 검은 조각마다 별이 수놓아져 있었다.

세 시간에 한 번씩 방문을 살며시 열어 내 자매들의 무사를 확인했다. 새근새근한 숨소리를 들으면 그들이 아프다는 것을 잠시 잊을 수 있어서 좋았다. 자해하고, 울고, 헛것과 말을 하던 낮이 멀리 물러가고, 그저 평범하게 살아가는 사람들처럼 만들어주는 잠. 자는 동안만은 어떤 훼방도 없기를 바라지만 야속하게도 그렇지는 않았다.

간질 발작이 일어난 자매가 있었다. 고개를 옆으로 돌려주고 입가로 빠져나온 침과 젖은 베개를 닦았다. 아무것도 모른 채로 자고 있지만, 아침에 일어나면 머리가 무거울 것이었다. 그녀에게는 발작 사실을 알리지 않기로 했다. 그저 나쁜 꿈을 꾸어서인가 생각하는 편이 나을 것 같았다.

그리고 다른 방의 또 한 자매는 이부자리 곁에 웅크리고 앉아 있었다.

"왜 앉아서 자요?" 내가 들어가 속삭였다.

"이불 위에 못이 많이 솟아 있어서 누울 수가 없어요."

나는 이불 쪽을 보았다. 환시였다. 약이 맞지 않은 걸까, 약을 먹지 않은 걸까. 이불 위에 못 따위는 없었지만, 그녀의 눈에는 분명히 있었다. 보이는데 누울 수는 없고, 누웠다 해도 실제로 몸을 찌르는 통증을 느꼈을 것이다.

그렇다면 이불 위에 못이 없다는 말은 진실일까. 수십 개의 못이 보이고, 그토록 잔인하게 자신을 해치려는 것 때문에 불안하고 속상한 그녀에게 말이다. 그 순간만큼은 못을 보지 못하는 나의 시각과 못이 없다는 나의 말이 거짓이지 않을까. 내 편에서의 진실과 그녀 편에서의 진실이 다를 때, 그것은 어떻게 전해져야 아무도 해치지 않을 수 있을까.

그런 생각들을 한참 골라보다가, 나는 침묵을 지키는 쪽을 선택했다. 그저 그녀와 같은 자세로 나란히 앉아 있기로 했다. 곁에 어두운 우물 같은 이불 한 채를 두고.

나에게는 낮이고 그녀에게는 밤인 시간이었다.

진실을 모두 말해 하지만 삐딱하게 말해

(……)

진실은 차츰 눈부셔야 해

안 그러면 다들 눈이 멀지도°

° 에밀리 디킨슨, 「진실을 모두 말해 하지만 삐딱하게 말해─」, 『절대 돌아올 수 없는 것들』, 파시클(2018)

얼마나 지났을까. 그녀의 몸이 절반쯤 이불 위로 스러져 있었다. 잠이 들면 다 괜찮아졌다. 나는 그녀를 반듯하게 눕히고 부드러운 이불을 덮어준 다음 방을 나왔다.

간질 발작은 두 번 더 일어났다. 세 번 이상 반복되면 위험할 수 있어서 염려했지만 그게 끝이었다. 몇 사람이 화장실을 오갔고 더는 깨는 사람이 없을 때 밤이 끝나가고 있었다.

나는 일지를 기록하고, 의자에 앉아 눈을 감았다.

베개와 이불 위에 자국이 희미하게 남겠지만, 진실은 그 밤에 묻혔다.

아침이 올 때까지 내 몸은 의자 위에서 점점 기울었다.

고양이는 꽃 속에

봄이 짧다는 탄식은 어쩌면 봄꽃만을 바라보는 데서 나오는지도 모른다. 대개는 봄꽃 특히 벚꽃이 피어야 비로소 봄을 실감하는데, 벚꽃이 만발하는 기간은 열흘을 넘지 못하기 때문이다. 벚꽃이 지고 기온이 오르기 시작하면 습관적으로 이런 말을 내뱉는다. "금방 여름 오는 거 아냐? 중간이 없어, 중간이." 사실은, 중간이 있다. 꽃이 피고 지는 때만을 봄이라 부르지 않는다면.

매일 산책하는 사람들은 자연이 돌연 바뀌지 않는다는 것을 안다. 2월에 들어서면서부터 이미 봄은 존재했다. 흙이 부풀어 올랐고 나무줄기의 색이 바뀌었다. 벌레들이 나오기 시작했고, 고양이들의 소요가 길어졌다. 동그란 물방울을 입안에서 굴리듯 지저귀는 새가 숲에 새로 왔다. 봄은 단서들을 한껏 뿌리고 다녔건만, 도시의 건물 안에서는 감지하지 못했을 뿐이다.

나의 산책 준비는 길고양이들의 사료 봉지와 물통을 배낭 속에 챙기는 것부터이다. 내가 운영하는 고양이 식당은 그야말로 성황이다. 비슷한 시간에 식당을 여는 편인데, 나는 시계를 보고 나가는 것이지만 고양이들은 어떻게 재깍재깍 오는 건지 신기하다.

봄에는 그 시계가 조금 어그러져서, 마주치지 못할 때도 잦다. 골목이나 지붕 위에서 한결 부드러워진 공기를 쐬느라 고양이들이 자리를 비우는 탓이다. 그들도 봄바람이 드는 모양이다. 반대로 나는 바람이 빠진다.

하루에 채워야 할 귀여움의 양이 있는데, 얼굴을 보지 못하면 그만큼 결핍이 생기니 말이다.

내가 특히 애착을 가지는 식당은 벚나무 지점이다. 마을 끝에 울타리가 있고 그 너머는 폐교인데, 큰 벚나무는 폐교의 귀퉁이 언덕에 있다. 그곳을 드나들면서 어느새 나는 내 키의 절반 높이인 울타리를 예사로 넘을 수 있게 되었다(물론 몇 번 옷이 걸려 빨래처럼 거꾸로 매달려 있기는 했다. 그때마다 밑에서 나를 가소롭게 올려 보는 고양이들의 눈빛이란).

고양이들은 영역 다툼이 심한 편인데, 벚나무 고양이들은 그렇지 않았다. 버림받고 혼자 떠도는 어린 고양이든 갑자기 나타난 임신한 고양이든 등이 벌겋게 벗겨진 병든 고양이든, 모두 서로를 받아들였다. 작은 언덕 정원은 평화 지대였다. 나무와 수풀이 둘러준 담 안에서, 난민처럼 모여든 색색의 고양이들은 한 마리도 내쳐지지 않았다.

늦가을에 두 마리의 암컷에게서 열 마리 정도의 새끼들이 태어났다. 반짝거리고 물컹거리며 비틀비틀 걷는 별 같은, 아무래도 이 세상의 생명체는 아닌 듯한 귀한 이들이었다. 잘 지켜내고 싶었다. 몇 달 후 새끼들을 독립시키기 위해 어미가 떠나자, 이들을 돌보는 것은 온전히 내 몫으로 남았다.

하지만 그 별들은 모두 지고 말았다. 혹독한 겨울이 거의 지나갔다고 안심했던 즈음, 병이 돌았던 것 같다. 내게 마지막 모습을 보인 새끼는 딱 하나였다. 내가 만들어준 집 안에 몸을 누이고, 미처 두 다리는 안으로 집어넣지 못한 채 몸이 딱딱하게 굳어 있었다. 나는 그 어린 고양이가 생전에 어떤 모습이었는지 기억해보려고 애썼다. 그리고 해야 할 일을 침착하게 끝냈다. 나머지는 발견하지 못했지만, 희망을 버렸다.

며칠 뒤 동네 동물병원에 들른 김에 나는 수의사에게 물었다. 어린 길고양이들이 허피스(고양이 감기)에 걸려도 살 수 있냐고, 몸을 늘어뜨리고 나른하게 누워 있을 때 그게 병증이라는 걸 빨리 알아채고 약을 먹였으면 살 수 있었냐고. 수의사는 대답을 하려다 말고 내 얼굴을 빤히 보았다. 내가 소리 없이 눈물을 흘리고 있었기 때문이다. 그에게 들키고 나서는, 새끼들을 잃은 후 처음으로 울음이 터졌다.

3월에는 오래 검었던 벚나무 가지들이 달아오르듯 붉어지더니 첫 꽃잎이 나왔다. 그러고 나자 꽃이 우르르 몰려나왔다. 벚나무의 품이 크고 가지가 낮은 곳까지 내려와, 땅까지 흰빛이 일렁였다.

나는 여전히 울타리를 씩씩하게 넘어 벚나무 식당으로 간다. 살아남아 나를 기다리는 어른 고양이들이 있고, 그들에게서 조만간 태어날 생명이 있어서이다.

나는 일부러 꽃그늘 밑에 그릇을 둔다. 몇 군데 나누어 준 밥그릇에 고양이들이 꽃잎처럼 둥글게 붙어 배를 채우는 동안, 나는 쪼그려 앉아 가만히 봄볕을 먹는다. 서로 다투지 않고, 나 자신과도 다투지 않는, 순한 시간이다.

나의 어린 고양이들을 떠올려보기도 한다. 벌이 되었을까, 꽃이 되었을까, 중간이 되었을까. 무엇이든 아름답지 않은 것이 되었을 리 없을 테지.

벌은 꽃 속에,
꽃은 정원 속에,
정원은 토담 속에,
토담은 마을 속에,
마을은 나라 속에,
나라는 세계 속에,
세계는 하느님 속에,

그래서, 그래서, 하느님은
작은 벌 속에*

나는 무릎을 펴고 일어선다. 바람이 한번 지나자 벚꽃이 고양이 털처럼 흩날리다가 사뿐히 착지한다. 땅 위에는 이미 떨어진 꽃들이 무수하다.

• 가네코 미스즈, 「벌과 하느님」, 『내가 쓸쓸할 때』, 미디어창비(2018)

꽃잎을 밟지 않으려고 나는 이쪽으로 저쪽으로, 보폭을 넓혔다가 좁혔다가 하며 걷는다. 걸음이라기보다 춤출 때의 발동작처럼 보인다. 두 팔까지 높이 들려 이리저리 움직인다. 얼굴을 박고 밥을 먹던 고양이들이 쩝쩝거리며 나를 쳐다본다. '왜 그래?'라고 묻는 것 같다.

"물도 마셔. 내일 봐."

울타리까지 가는 동안, 나는 춤을 춘다.

구름 한 점
언덕 서너 개

산책의 쓸모를 생각하고 걷는 사람을 '산책자'라고 부르는 건 내키지 않는다. 산책의 결과로써 쓸모가 발생하는 게 사실이라도 말이다. 매일 걸어서 건강을 얻을 수도 있지만, 거꾸로 신체를 단련하려고 걷는 사람은 '산책자'가 아니라 '생활체육인' 정도로 일컬을 수 있겠다. 팔을 직각으로 크게 흔들며 갑자기 뒤로 걷는 산책자는 아무래도 이상하니까. 산책 혹은 소요의 가치는 쓸모를 기대하지 않아서 귀해지는 쪽이다.

산책자는 걸을 때만큼은 자신의 '몸'보다 '몸이 아닌 것'에 시선을 둔다. 지난밤의 꿈을 생각하고, 함께 나눈 이야기를 혼자 복기하고, 궁금해하다가 미뤄둔 질문을 다시 꺼내보고, 까맣게 잊었던 얼굴을 문득 보고 싶어 하다가, 방금 스쳐 지나간 사람의 모자와 나무를 타는 다람쥐까지 일별한다. 그의 사유는 안과 밖을 자유롭게 넘나드는 파도 같다.

그러나 아무리 쓸모도 정처도 없이 걷는다 해도, 산책에는 끝이 있게 마련이다. 길은 계속 이어지더라도, 그만 멈추고 돌아가야겠다고 결심하게 되는 지점이 반드시 있다. 사람들이 자신의 삶 속에서 일이나 사랑이나 꿈을 두고 그런 지점을 느끼듯이.

결심하는 자리에 돌아갈 집이 요술처럼 나타나지는 않으므로, 다시 왔던 만큼을 다 걸어야 한다. 산책의 마지막 기쁨은 돌아가는 길을 얼마나 순순히, 서두르지 않고 걷느냐에 달려 있다.

나는 산책자이면서 수집자이다. 아니, 수집보다는 '줍줍'이라는 사전에 없는 낱말이 더 어울리겠다. (걷다가) **줍**(고) (걷다가 또) **줍**(고).

역시 쓸모 있는 물건인 경우는 드물다. 벌레 먹은 잎, 열매, 나무껍질, 돌멩이, 조가비—누군가는 쓰레기로 여길—같은 것들을 다람쥐나 들쥐 뺨치게 줍는다. 그래서 집을 나서기 전에는 주머니도 꼭 챙겨야 한다. 동물 친구들처럼 볼 속에 욱여넣고 올 수는 없으니까. 그렇게 작고 어여쁜 자연의 물건들은 가져와서 요모조모 보다가, 보관함에 넣어두거나 일부는 본래 있던 자리로 돌려보낸다.

그런가 하면, 오직 귀를 가만히 열어 줍는 것도 있다. 소리와 말이다. 바람, 물, 날개, 낙과가 만드는 다채로운 소리. 사람들이 있다면 그들의 말.

여주를 심기에는 너무 늦었지. 물이 튀는데 안 튀어요. 언제까지 미안하기만 할 건데? 샤브샤브 같은 놈. 같이 굶자.

걸으면서 하나씩 줍는 말이라 앞뒤 맥락은 알 수 없다. 맥락을 모를 때, 말이 맥락에서 일탈할 때, 말 속의 희비극이 돌연 짙어지는 것을 느낀다. 나는 어떤 말에는 피식 웃고, 어떤 말에는 마음이 무거워진다. 몇 개는 집까지 가져와 노트에 옮겨둔다. 내 노트에는 주워 온 말들이 가득하고, 그것 역시 내가 가지거나 다시 돌려보낸다.

눈을 기울이고 귀를 기울이는 나의 산책 동선은 직선이 아니다. 모든 방향을 만끽하고 싶은 나비처럼 나선을 만들며 움직인다. 그러니 산책 시간이 툭하면 길어지고 만다.

걷다가 죽어가는 벌레 곁에 있어주고, 창을 내다보는 개에게 인사하고, 고양이의 코딱지를 파주며 탐진하는 시간이 나는 부끄럽지 않다. 그 시간의 나는 진짜 '나'와 가장 일치한다. 또한 자연이나 스치는 타인과도 순간이나마 일치한다. 그 일치에 나의 희망이 있다. 부조리하고 적대적인 세계에서 그러한 겹침마저 없다면, 매 순간 훼손되는 존재를 어떻게 바라보고 견딜까.

방 안에 있을 때 세계는 내 이해를 넘어선다. 그러나 걸을 때 세계는 언덕 서너 개와 구름 한 점으로 이루어져 있음을 알게 된다.*

정말 그것뿐이다. 언덕 서너 개와 구름 한 점. 그 안의 무한 그리고 무(無).

나날이 성실한 산책자로 살아가지만, 나는 아직 언덕과 구름을 다 보지 못하고 있다.

---

* 월러스 스티븐즈, 「사물의 표면에 대하여」

내일은 너에게
오늘은 나에게

묘지를 걷는 것을 좋아해요, 라고 말하면 칙칙한 사람으로 오해받을까.

흠모하는 예술가가 묻힌 곳을 찾아가는 이들은 많다. 묘비에서 그들의 이름을 직접 확인하는 것이 추종자로서 애정을 드러내는 방법이기도 할 것이다.

나는 그보다는 눈에 띄지 않게 살았던 아무개들, 심지어 들판에 버려진 듯 있는 무덤에서도 반드시 걸음을 멈추는 사람이다. 죽음은 강한 자력으로 나를 잡아당긴다. 죽음을 사랑하고 삶을 미워하는 것도, 그 반대도 아니다. 내게는 등호의 왼쪽과 오른쪽에 같은 무게로 놓이는 것, 삶만큼이나 가까이 다가가보고 싶은 것이 죽음이다. 릴케는 "이 세상 어디에서 죽어가는 사람은 나를 응시하는 사람"이라고 썼는데, 그러니까 나는 그 응시에 눈을 맞추고 싶은 건지도 모른다.

죽은 자들을 보며 삶에 대한 열정과 동력을 얻는 사람들도 있는 모양이지만, 나는 죽음에서는 죽음만 얻고 싶다. 타인의 죽음에서 다른 그 무엇을 취하기를 원하지 않는다. 아주 조그만 희망이라도 말이다.

남쪽 도시에 가면 들르는 성직자 묘지가 있다. 입구 기둥 왼편에 HODIE MIHI 오른편에 CRAS TIBI라고 새겨져 있어 눈길을 끈다. '오늘은 나에게, 내일은 너에게'라는 의미의 라틴어로, 죽음이 모든 존재를 공평하게 응시하고 있음을 간명히 전하는 말이다.

기둥 사이로 들어가면 소박한 묘지가 한눈에 들어온다. 이름, 출생일, 서품일과 사망일만 적힌 묘비는 모두 들어오는 이를 마주하고 서 있다. 그 뒤로 보이는 것은 온통 하늘. 살아서 얻은 것과 잃은 것에 대한 기록은 없다. 여기 묻힌 것으로, 그들이 무엇을 사랑했는지를 알 수 있을 뿐이다.

수도원에서 여든의 사제와 산책을 한 적이 있다. 정원을 걷다가 그가 보여줄 것이 있다며 작은 경당으로 데려갔다. 전등 스위치를 켜자, 낡은 오르간 뒤로 수많은 사진 액자가 줄지어 벽을 차지하고 있는 것이 보였다. 먼저 죽은 수도원 형제들이라고 했다.

우리는 그 얼굴들을 천천히 보았다. 아까 정원에서 꽃나무와 고양이를 함께 본 것과 같은 마음으로 보았다. 그는 수도원에서 60년을 살았으므로, 몇을 제외하고 모두를 알았다. 과거에 내가 만났던 얼굴도 있었다. 사진 아래 붙은 출생일과 사망일은, 그보다 훨씬 나중에 태어난 이들이 때로는 먼저 떠났음을 알려주었다.

마지막 사진을 보고 나서, 노 사제는 사진 옆 빈 벽을 손가락으로 짚으며 말했다. "다음에 오면, 내가 여기 있겠죠." 그 말을 하면서 환하게 웃어서, 나도 마주 보고 웃었다.

높은 확률로 그럴 것이다. 그보다 낮은 확률로, 내 목숨이 먼저 거두어질 수도 있을 것이고. 어느 쪽으로

든 우리가 지금처럼 깨끗하게 웃기를 바라며, 그 방을 나왔다.

묘지 사이를 걸으며, 모르는 이의 생몰년을 보며, 나는 죽음을 생각한다. 죽음을 생각하는 것은 비관이 아니다. 내 앞에 있는 얼굴을 응시하는 것, 그 이상이 아니다.

우리가 차가운 돌 위에 올리는 꽃을, 사실 우리 자신에게도 주어야 한다. 꽃에서 서서히 물기가 마르고, 꽃잎이 열 장에서 두 장, 한 장이 될 때까지 바라보는 일을 우울하거나 쓸데없다고 생각하지 말아야 한다.

"오늘은 나에게."

"내일은 너에게."

이것을 평화로운 저녁 인사로 주고받을 수 있으면 좋겠다.

그녀는 아름답게 걸어요
(부치지 않은 편지)

왜관으로 가는 열차를 탔습니다. 소도시의 역명을 일일
이 호명해주는 느리고 다정한 열차예요. 역에 정차할
때마다 다른 억양을 지닌 사람들이 올라타고요. 남쪽으
로 내려갈수록 깊어지는 기분이에요.

오랜만에 왔어도, 역 뒤편 육교를 가로지르면 지
름길이 있다는 것을 잊지 않았어요. 걸음이 먼저 그리
갔어요. 그런 다음 오른쪽으로 돌아 소박한 집들을 몇
채 지나면, 거기에서부터 긴 벽돌담이 시작되지요. 지
도를 들여다볼 필요도 없어요. 담이 끝나는 곳이 수도
원 정문이니까요. 제가 그 담을 따라 들어갈 때는 부풀
어 오르고, 나올 때는 눈물짓는다는 것을 아무도 모르
겠지요.

처음 수도원을 찾았을 때 신부님이 마당까지 마중
을 나오셨지요. 길 끝에 온통 흰 사람이 서 있었어요.
제가 길을 다 걸어 앞에 도착할 때까지 저에게서 눈길
을 거두지 않으셨어요. 보통은 괜히 이쪽저쪽을 한 번
씩 보게 되잖아요. 아무것도 아닌 것에 우리는 멋쩍어
져서요. 한 사람을 오래 응시할 수 있으려면 마음이 단
출하고도 단단해야 할 거예요. 그때 당신의 모습은 네
귀를 조약돌로 단정히 누른 백지 같았어요. 이후 저는
누구를 기다릴 때면 그 잠잠한 시선을 떠올리며 자세를
가다듬습니다. 펄럭이지 말자, 다짐하면서요.

저는 '손님의 집'에 사흘 동안 묵었어요. 방은 군더더기 없이 정갈했어요. 작은 책상과 의자와 침대가 전부였고, 그것으로 충분했지요. 그 책상 앞에 앉아 신부님께 받은 종이를 훑었어요. 사소한 질문으로 이루어진 설문지 같은 것이었지요. 그중 이런 보기가 있었던 것 같아요. ①학생 ②일반인 ③수도자 ④성소자

저는 망설이지 않고 ④번을 선택했어요. 성소(聖召)는 성직이나 수도 생활로의 부르심을 뜻하는 말이니, '성소자'는 사제나 수도자로 살기를 희망하는 사람이지요.

저는 성소를 감지한 지 오래였지만, 선뜻 결정하지 못하고 수년을 방황했어요. 세상에 대한 미련한 미련이 있었지요. 제 몫의 대단한 일이 기다리고 있지 않을까 하는. 그걸 버리자니 겁이 많이 났어요. 그런데 두려움 속에서도 저의 지향은 점점 분명해졌지요. 수녀로 살지 못한다고 생각하면, 얼굴을 씻다가도 눈물이 불쑥 나왔으니까요.

드디어 어렵게 마음을 굳히고 나자 감당할 수 없을 만큼의 기쁨이 몰려왔어요. 아무에게나 소리쳐 알리고 싶을 정도였죠. 여러분, 제가 수녀원에 들어갑니다! 그 순간의 티 없는 기쁨에 대해서는 신부님이 더 잘 아시겠지요. 삶에서 그만한 사랑이 찾아오는 때는 단 한 번이라는 것, 어쩌면 그것도요.

지금도 그때처럼 봄의 끝입니다. 수도복이 희어서요. 신부님은 여기 계시지 않죠. 타국에서 공부와 사목을 이어가신 지 벌써 10년째인가요.

문지기 수사님의 얼굴과 푸근한 사투리는 그대로예요. 열쇠를 받아 숙소로 들어오니, 방의 모습과 큰 창으로 보이는 풍경도 여전하고요. 크고 검은 개가 지나가네요. 어디로 가는지, 눈으로 꽁무니를 끝까지 쫓습니다. 이따 같이 놀아야 하니까요.

책상 위에 놓인 수도자들의 일과표를 봐요. 하루 네 번의 기도와 미사, 그 사이에 식사 시간과 노동 시간이 있어요. 손님들은 자유롭게 지내면 되지만, 저는 모든 일과를 기꺼이 따르는 데 자유를 바칠 거예요.

저녁기도까지는 두어 시간이 남아 산책을 하려고 합니다.

스테인드글라스 공방, 출판사, 목공소를 차례로 지났어요. 수사님들의 일터이지요. 목공소 화단 앞에서 톱밥들이 둥글게 말린 꽃 시늉을 하는 걸 구경하고 있는데요. 등 뒤에서 나직한 목소리가 넘어왔어요.

"걷고 있어요?"

백발의 수사님 한 분이 기척도 없이 제 곁에 다가와 있었지요. "같이 걸어요."

모든 시작이 이런 말이면 어떨까요. 같이 걷자는 말. 제 마음은 단번에 기울 것입니다.

우리는 나란히 걸었어요. 눈앞에 보이는 것들을 이야기했지요. 나무가 보이면 나무를, 벽이 보이면 벽을, 사람이 보이면 사람을.

수사님은 올해 여든이 되었대요. 제 나이는 겨우 그의 허리쯤 닿겠네요. 부러웠습니다. 제 꿈이 할머니 수녀였거든요. 그건 하나의 마음을 평생 가져가는, 백년해로 같은 것이잖아요.

할아버지 수사님이 조곤조곤 옛일을 말하면, 저는 주로 들었어요. 말을 하기보다 듣기를 좋아해요. 들으면서 상대방을 넉넉히 바라볼 수 있기 때문에요.

수도원의 가장 바깥을 따라 원을 그리며 한 바퀴를 다 걸었을 때, 우리는 커다란 느티나무 앞에 잠시 섰어요. 스무 살에 저 나무—그때는 묘목이었던—가 심어지는 걸 봤다고, 그 장면이 아직 선명하게 그려진다고, 수사님이 말하셨어요. 저 나무는 60년 넘게 살고 있네요, 제가 답했습니다. 마음속으로는 문득, 60년간 '지켜보고 있다'는 어휘로 바꾸면서요.

밤에 느티나무 앞에 혼자 다시 섰어요. 가지와 잎이 흔들리는 것을 한참 올려다보았지요. 오래 바라보니, 그건 그대로 기도가 되었어요. 제 기도는 늘 질문이고요.

저의 전 생애도 지켜보고 있었죠? 제가 어리석은 행동으로 당신을 놓치는 것도 보았죠? 그때부터 저는 아무 선택도 하지 않는 사람이 되었어요. 무조건 망할 것 같아서요. 저를 말리지 그랬어요? 너는 내 사람이다,

나와 살자, 발목을 걸어서라도 놓지 말지 그랬어요?

결국은 제 탓밖에 없다는 것을 잘 알면서도, 이렇게 괜한 투정을 해버렸어요.

나무는 말이 없어요. 밤도 묵묵해요. 신은 별처럼 숨만 쉬어요.

제가 사랑하는 것들은 모두 침묵하기만 합니다.

신부님이 멀리 계시는 동안, 저는 거듭 실패하는 사람이었어요. 사연에는 눈감아주세요. 그저 고인 물처럼 살았지요. 무엇도 누구도 사랑한 것 같지 않아요. 이미 저는 일생일대의 사랑을 잃었으니까요. 수도성소를 저버린 이후, 세상에 제 몫은 없었어요.

아직 후회한다면, 그 또한 미련한 미련이겠지요. 그래도 저는 후회보다 더 큰 말이 있다면 그걸 쓸 거예요. 어떤 후회는 영영 삭지 않아요. 자책은 사랑보다 수명이 길고요.

하지만 후회를 간직하고도 나아가야 한다는 걸 지금은 근근이 이해하고 있습니다. 간절하게 원하던 것을 잃고 나서도, 실패하고 나서도, 다시 꿈을 꾸어야 살 수 있다는 걸요. 성소란 운명처럼 주어지는 것이기도 하지만, 그 운명을 지키려는 인간의 능동적인 의지이기도 하다는 것을 뒤늦게 깨달아요.

새벽 5시, 종소리가 들려옵니다.

준비를 마치고 성당으로 가요. 아직 별이 보이는 검푸른 하늘 아래를 걸어서요.

제가 좋아하는 시구가 떠올라요.

그녀는 아름답게 걸어요, 밤하늘처럼*

어느 방향으로 걸어야 할지, 무엇을 바랄 수 있을지, 저는 여전히 모르겠어요. 다만 지금은 아름답게 걷고자 합니다.

"저의 성소는 사랑이에요"라고 말한 성인이 이미 있지요. 저는 덧붙여요. 저의 두 번째 성소는 아름다움입니다. 이것은 반드시 지켜갈게요.

종소리가 멎었어요. 이제 첫 침묵이 시작되려고 합니다.

---

* 　조지 고든 바이런, 「그녀는 아름답게 걸어요」

저녁이 안뜰에서 고요할 때,
그대의 책갈피로부터 아침이 떠오를 것이다.
그대의 겨울은 내 여름의 그늘이 될 것이고
그대의 빛은 내 그늘의 영광이 될 것이다.
그래도 우리 함께 계속해 나아가자.

보르헤스, 「라파엘 칸시노스-아센스에게」

말들의 흐름 4

시와 산책
Poetry and Walks

1판 1쇄 펴냄 · 2020년 6월 30일
1판 27쇄 펴냄 · 2024년 9월 30일

지은이 · 한정원
펴낸이 · 최선혜

편집 · 최선혜
디자인 · 나종위
인쇄 및 제책 · 세걸음

펴낸곳 · 시간의흐름
출판등록 · 2017년 3월 15일
주소 · 서울시 마포구 토정로 33
Email · deltatime.co@gmail.com

ISBN   979-11-965171-9-9 04810
       979-11-965171-5-1(세트)